TITAN

Collection dirigée par
Stéphanie Durand

Du même auteur chez Québec Amérique

Jeunesse
M.I.A. – Ma réalité augmentée, coll. Titan, 2022.
- **PRIX DE CRÉATION LITTÉRAIRE DU SALON INTERNATIONAL DU LIVRE DE QUÉBEC ET DE LA VILLE DE QUÉBEC 2023**
- **PRIX HUBERT-REEVES, MEILLEUR OUVRAGE DE VULGARISATION SCIENTIFIQUE POUR LA JEUNESSE 2023**

Tiki Tropical, coll. Titan, 2015.

Série Alibis inc.
Alibis inc. – Intégrale, Hors collection, 2018.
Alibis inc., Tome 4 – Avis de tempête, coll. Titan, 2011.
Alibis inc., Tome 3 – Le Projet Tesla, coll. Titan, 2010.
Alibis inc., Tome 2 – Jeu de dames, coll. Titan, 2007.
Alibis inc., Tome 1, coll. Titan, 2006.

M.I.A.

Apprentissage profond

Projet dirigé par Stéphanie Durand, éditrice

Conception graphique et mise en pages : Audrey Guardia
Révision linguistique : Flore Boucher et Anne-Julie Boucher
En couverture : Photomontage à partir des œuvres de fennywiryani / stock.adobe.com, starline / freepik.com, AndreasG / stock.adobe.com, monsitj / stock.adobe.com, Jr Korpa / unsplash.com et Tim Mossholder / unsplash.com

Québec Amérique
7240, rue Saint-Hubert
Montréal (Québec) Canada H2R 2N1
Téléphone : 514 499-3000

Nous reconnaissons l'aide financière du gouvernement du Canada.

Nous remercions le Conseil des arts du Canada de son soutien.
We acknowledge the support of the Canada Council for the Arts.

Nous tenons également à remercier la SODEC pour son appui financier. Gouvernement du Québec – Programme de crédit d'impôt pour l'édition de livres – Gestion SODEC.

Fabrice Boulanger remercie le Conseil des arts et des lettres du Québec de son appui financier.

Canada

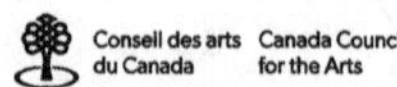

Catalogage avant publication de Bibliothèque et Archives nationales du Québec et Bibliothèque et Archives Canada

Titre : M.I.A. / Fabrice Boulanger.
Noms : Boulanger, Fabrice, auteur. | Boulanger, Fabrice. Ma réalité augmentée. | Boulanger, Fabrice. Apprentissage profond.
Collections : Titan jeunesse.
Description : Mention de collection : Titan | L'ouvrage complet comprendra 3 tomes. | Sommaire incomplet : t.1. Ma réalité augmentée -- [2]. Apprentissage profond.
Identifiants : Canadiana (livre imprimé) 20220012695 | Canadiana (livre numérique) 20220012709 | ISBN 9782764447727 (vol.1) | ISBN 9782764452172 (vol. 2) | ISBN 9782764447734 (PDF : vol. 1) | ISBN 9782764447741 (EPUB : vol. 1) | ISBN 9782764452189 (PDF : vol. 2) | ISBN 9782764452196 (EPUB : vol. 2)
Classification : LCC PS8553.O83815 M53 2022 | CDD jC843/.54—dc23

Dépôt légal, Bibliothèque et Archives nationales du Québec, 2023
Dépôt légal, Bibliothèque et Archives du Canada, 2023

quebec-amerique.com

Deuxième réimpression : mai 2025

Imprimé au Canada

FABRICE BOULANGER

M.I.A.

Apprentissage profond

QuébecAmérique

J'ai délibérément demandé à Mia de me laisser tranquille et de ne pas intervenir.

Je sais qu'elle est toujours bien intentionnée et que son esprit mathématique m'aurait certainement fait gagner des points, mais parfois, j'aime affronter seul de vrais adversaires.

Malgré son côté complètement lunatique, mon ami Hugo se défend très bien au jeu de go. Ça semble être une bonne façon, pour lui, de se recentrer et d'avoir un niveau de concentration qu'il a du mal à tenir en classe.

De fait, parfois, sur notre pause de midi, quand on n'a pas de répétition avec notre *band* de musique, on sort le plateau de go, le goban, les petits cailloux noirs et blancs et on fait une partie.

Le jeu consiste à gagner des territoires en plaçant les pierres sur des intersections. Ça n'a rien de très complexe, mais la stratégie qui en découle peut très vite devenir particulièrement élaborée.

Son sandwich dans une main et l'autre plongée dans le contenant de pierres noires, Hugo ne quitte pas le plateau des yeux. Il prépare son prochain coup.

Autour de nous, quelques élèves de notre classe déambulent. Pendant la pause, certains s'exercent à leur instrument, quelques autres révisent leurs notes de cours, mais la plupart sont plongés dans les applis de leur cellulaire. Comme notre école a une grosse concentration musicale, nous bénéficions de plusieurs grands locaux de répétition où sont installés les instruments et où nous pouvons relaxer pendant nos pauses. D'ordinaire, une bonne partie des élèves de notre classe se réunissent dans notre local pour vaquer à leurs occupations.

Quelques-uns passent à côté de nous. Ceux qui connaissent un peu les principes du jeu jettent un œil distrait à notre partie, mais généralement, on est plutôt tranquilles pour jouer. Il n'y a que moi qui ai l'impression d'avoir constamment quelqu'un au-dessus de mon épaule. Sa petite voix résonne alors dans les écouteurs intégrés à mes branches de lunettes.

— *Je ne comprends pas cette stratégie, Damien*, m'avertit Mia. *Pourquoi avoir bloqué un territoire en bas à droite? Ça n'a pas de conséquence sur la partie.*

Je pense très fort à ma réponse:

— Mia, je t'ai demandé de ne pas intervenir. Laisse-moi jouer, s'il te plaît. Tu me déconcentres.

— Cette prise de position n'a pas de logique !

Je sais, par habitude, que si je ne donne pas une réponse claire à Mia, elle ne me lâchera pas. Par chance, avec elle, je sais que je n'ai pas à révéler mes intentions à voix haute. De moi à elle, une simple pensée suffit !

— Je connais le jeu de Hugo. Cette prise de position, c'est un coup de bluff, je veux le distraire, le perturber pour qu'il ne voie pas arriver mon coup final.

— Un coup de bluff? interroge la voix qui, elle, communique avec moi via mes écouteurs.

— Un mensonge pour lui faire croire que je prépare autre chose, pour l'empêcher de deviner mon dernier coup !

Hugo commet l'erreur que j'espérais. Il me prend un petit territoire dans le bas du plateau sans se rendre compte de ce que je manigançais de l'autre côté. En deux coups, je verrouille toute une partie du terrain et je l'emporte haut la main !

Heureux, je me lève de la table et pousse des petits cris de victoire en me dandinant. Hugo avait gagné les trois dernières parties, c'était maintenant à mon tour.

— *Damien, qu'est-ce qui justifie cette démonstration de danse tribale que nous venons d'effectuer ? Tu es perturbé ?* demande Mia.

— *Eh bien, j'ai gagné, c'est normal que je sois content ! Tout seul, en plus, je n'ai même pas eu besoin de ton aide !*

— *J'aimerais comprendre ton attitude. C'est un autre coup de bluff ?*

— *Mais non, juste de la satisfaction, un simple sentiment !*

— *Je ne comprends pas les sentiments. J'aimerais les comprendre…*

— *Qu'est-ce que ça te donnerait de plus ?*

— *J'apprends grâce aux expériences que nous faisons, mais il y a des comportements que je n'arrive pas à interpréter. Les interpréter optimiserait notre fluidité à tous les deux. Pourquoi je ne ressens pas ta satisfaction, Damien ?*

— *Parce que tu n'es pas humaine, Mia.*

Il y a un peu plus d'un an, j'ai été victime d'un grave accident d'escalade. Il s'en est fallu d'un cheveu pour que j'y laisse ma peau. Lorsque les services de secours m'ont rescapé, mes quatre membres étaient en bouillie.

Ce n'était pas le pire, le diagnostic des médecins était catastrophique: lors de ma chute, j'ai eu une rupture de la moelle épinière en percutant les rochers de plein fouet. J'ai été diagnostiqué tétraplégique.

Pour n'importe quel parent, le monde se serait écroulé, mais pour mon père, ça s'est avéré être un merveilleux défi. Non pas de s'occuper de moi et de me nourrir à la petite cuillère, mais bien de trouver comment me faire remarcher, courir, même, comment me faire bouger comme si rien ne s'était passé.

Mon père est un passionné. C'est d'ailleurs ce qui a brisé sa relation avec ma mère. Un passionné d'informatique, de nouvelles technologies. Pour lui, il n'a jamais été question de me laisser dépérir dans un fauteuil roulant. Avec l'accord de ma mère, il a tout fait pour me remettre sur pied grâce à une technologie qu'il connaît sur le bout des doigts : l'intelligence artificielle. Aidé des meilleurs prothésistes au monde, pour me reconstituer des bras et des jambes fonctionnels, mon père a créé M.I.A., ma Matrice d'Intelligence Artificielle.

Mia est là pour m'aider. C'est un peu comme avoir une seconde personne dans ma tête qui peut interpréter mes pensées et les transformer en mouvements. Grâce à une paire de lunettes bourrée de capteurs, Mia intercepte mes pensées et donc mes besoins de mouvements. En une fraction de seconde, elle envoie les informations par Internet à ses propres algorithmes qui sont stockés dans les ordinateurs de l'entreprise de mon père. Enfin, ceux-ci retournent les commandes de mouvements à mes prothèses, pour que je puisse bouger comme je le souhaite. Un vrai prodige. En gros, sans Mia, il n'y aurait pas de lien entre mon cerveau et mon corps, et je serais incapable de me mouvoir. Grâce à elle, je peux vivre presque normalement.

À la fin de la journée, en arrivant chez ma mère, je suis assez surpris de voir mon père et deux déménageurs sortir d'une camionnette. Mes deux parents sont séparés depuis un bout de temps et il est assez rare que mon père se présente chez elle. Mais je dois avouer que, depuis qu'il est parvenu a reconnecté les différentes parties de mon corps pour me remettre sur pied, ma mère et lui ont également renoué des liens que je croyais brisés à jamais. Comme si les petits miracles qu'il a réalisés sur moi avaient fait comprendre à ma mère que sa passion avait du bon.

Ma mère attend, les bras croisés sur le seuil de la porte. Elle habite une charmante petite maison de banlieue, assez ordinaire, mais qu'elle a su embellir à coups de jardinage intensif. Je lui retourne un petit signe de bonjour pendant que je vais saluer mon père.

— Qu'est-ce que tu fais ici ? dis-je, étonné.

Mon père vient m'embrasser puis dégoupille une canette de boisson énergisante, les seules boissons qu'il est capable d'avaler.

— Pour mon autonomie, dit-il en me montrant sa canette. Et ça, c'est pour la tienne, ajoute-t-il en pointant ce qui apparaît dans la remorque du camion à mesure que les hommes ouvrent la porte.

— Un lit ?

Mon père avale une gorgée.

— Pas n'importe quel lit ! Un lit à induction !

— Comment ça, « à induction » ? Comme une cuisinière ? Tu veux me faire rôtir ?

— Plutôt comme un chargeur de cellulaire. Ça va t'éviter de venir tous les deux jours au labo pour recharger les prothèses. J'ai fait installer le même chez nous. Tu n'as qu'à passer ta nuit dessus et tu seras au maximum de tes capacités dès le matin.

Je regarde mon père, dubitatif.

— Donc tu viens installer un chargeur de fils !

— On n'arrête pas le progrès ! dit-il en souriant.

Même si je trouve que mon père a souvent des idées saugrenues, je ne peux pas lui en vouloir, car sans lui, je mangerais de la poutine avec une paille.

Je regarde le lit descendre du camion. Il n'a rien de très particulier, mis à part le sommier qui ressemble à une plaque chauffante.

— C'est toi qui l'as conçu ?

— Avec l'aide de Mia.

— Mia ? Elle t'aide là-dedans en plus de s'occuper de moi ?

— Mia est l'intelligence artificielle la plus poussée que j'ai mise au point, ça serait dommage de ne pas m'en servir ! Une fois qu'on l'intéresse à un sujet, elle accumule toutes les données qu'elle peut via Internet, fait des essais, des erreurs, se base sur nos commentaires pour proposer des correctifs et la remettre sur la bonne voie, puis devient autonome. C'est ce qu'on appelle un apprentissage profond. Elle met à profit différentes couches de neurones virtuels, les coordonne, les ajuste, pour résoudre des problèmes complexes et arriver à ses fins.

— Un peu comme notre cerveau ?

— C'est assez semblable, oui.

— Pourtant, il y a des concepts avec lesquels elle a des difficultés.

— Qu'est-ce que tu veux dire ?

— Certaines sensations que j'éprouve, elle ne les comprend pas. Elle voudrait bien, mais je ne sais pas comment lui expliquer.

Mon père sort sa tablette qui lui permet de tenir à l'œil le fonctionnement de mon intelligence artificielle en tout temps.

— Oh, je vois… Ce midi pendant que tu jouais au go, c'est ça ?

— Elle est en mesure de contrôler mon corps, mais pas de comprendre certaines sensations. L'euphorie que j'ai éprouvée lorsque j'ai gagné, par exemple. Elle a exécuté la petite danse que j'avais envie de faire, mais ça lui a semblé incohérent.

Mon père enfile une petite oreillette dotée d'un micro pour parler directement avec Mia.

— Mia, pourquoi estimes-tu avoir besoin de ces informations ?

— Mon objectif est de contrôler le corps de Damien. Nous pourrions gagner 77 % de spontanéité si je comprenais mieux ce qu'il ressent. Le gain en vitesse d'exécution des mouvements serait également de 18 %.

— Tu peux accéder au changement que ses neurones subissent à ce moment-là, non ?

— Affirmatif, mais je ne peux pas les interpréter.

— Tu ne peux pas avoir accès à des sensations propres à l'humain. Si tu étais perçue comme un individu, peut-être qu'il y aurait une chance, mais l'amour, la tristesse, la joie ou l'euphorie n'existent que dans notre rapport aux autres. Or, techniquement, tu n'existes pas, tu es un programme informatique.

— Alors, pour les comprendre, je devrais exister aux yeux d'autres individus ?

— Assurément.

— Quand vais-je exister ?

— C'est encore trop tôt. Tu es un prototype. Un espoir pour beaucoup de gens. Tu vas sûrement déclencher un vif intérêt. J'ai besoin d'être convaincu qu'on ne prend aucun risque avant de dévoiler ton existence.

— Selon plusieurs de mes algorithmes, cette évaluation est potentiellement subjective. Elle peut durer éternellement. M'empêcher d'exister à ce stade d'apprentissage nuit à mon développement.

— Tu apprends déjà bien assez vite comme ça.

Ce matin, nous passons toutes nos heures de classe en concentration musicale. C'est mon cours préféré. Pas seulement parce que j'aime la musique, mais aussi parce que je suis assis proche de Jasmine, la fille avec qui je sors.

En entrant dans la classe, je ne la vois pas arriver derrière moi. Elle me prend la main sans prévenir.

— Voyons, relaxe un peu ta main, lance-t-elle, j'ai l'impression d'attraper le bras d'un mannequin.

Elle n'a pas tout à fait tort. Mes deux bras sont constitués de prothèses perfectionnées et… assez lourdes.

J'envoie immédiatement la commande à Mia.

Je me retourne et embrasse Jasmine.

Mia a tendance à faire des mouvements un peu exubérants dans ce genre de situation. Mon I.A. aime bien s'inspirer des vieux films quand il s'agit d'embrasser.

Je la laisse faire ; chaque fois ça surprend Jasmine, qui éclate de rire.

Nous allons nous asseoir, main dans la main. Je salue Hugo qui vient d'arriver à la course dans la classe en manquant de s'étaler de tout son long.

— Go à midi ! me lance-t-il. Va y avoir de la revanche en ta.

Je lui fais un petit signe d'approbation.

— Et moi qui pensais qu'on allait dîner ensemble, bougonne Jasmine en sortant son violon.

Je déballe mon alto également.

— Je te promets que la partie sera courte.

— C'est pas la première fois que j'entends ça, rétorque-t-elle avec un sourire taquin.

Nous passons tout l'avant-midi à répéter des pièces pour notre concert de Noël, qui aura lieu dans plus de deux mois. Officiellement, je me débrouille plutôt bien avec pas mal d'instruments. Officieusement, c'est Mia qui se débrouille très bien, en me contrôlant. Avant d'être dans cette classe, je n'avais jamais touché un instrument de toute ma vie.

Notre classe est assez chanceuse, car elle est une des rares à être complète cette année. En effet, il manque d'inscriptions dans plusieurs groupes. Cela implique bien souvent que certains d'entre nous doivent faire des remplacements dans d'autres groupes.

Et le problème ne fait que se confirmer lorsque notre directeur vient nous rendre visite dans le local. Il s'installe quelques minutes sur l'estrade de notre professeur, monsieur Patrick.

— Bonjour à tous. J'ai une nouvelle pas très agréable à vous annoncer. Comme vous l'avez remarqué, nous avons moins d'inscrits cette année et plusieurs ont changé de concentration et donc d'école. Il en résulte que nous avons moins de budget pour organiser le concert de Noël à l'église de la Trinité. Nous devrons peut-être l'annuler.

Huée de désapprobation dans la salle. C'est dommage, plusieurs élèves m'ont déjà parlé de cette sortie qui est organisée à Noël. C'est apparemment une des activités les plus aimées des élèves. Ce serait dommage de ne pas pouvoir la faire.

— Je comprends votre réaction. Il n'y a encore rien de certain, mais je devais vous mettre au courant de cette possibilité. Nous allons tout faire pour que le concert ait bien lieu et, dans le pire des cas, il se fera ici, dans l'école, classe par classe.

À la fin du cours, tous les élèves sont frustrés. Ils font des efforts depuis le début de l'année pour que les morceaux joués au concert soient au top. Faire le concert ici, dans les classes, n'aurait assurément pas le même cachet que de le faire à l'église, me confirment mes camarades. Nous n'aurions pas l'ambiance de Noël, la crèche vivante organisée par un groupe du primaire, les décorations, la tire d'érable sur la neige et, surtout, le public. Il faudrait se contenter des parents d'élèves alors qu'à l'église, le public vient de toute la ville.

— *Je constate une perturbation dans tes transmissions neuronales depuis quelques minutes. Dois-je l'interpréter comme un sentiment?* me demande Mia.

— *Je suis déçu. C'est dommage que le concert risque de ne pas se faire.*

— *Dois-je te faire exécuter une danse?*

— *Mia, de grâce, arrête!*

En rangeant son matériel, Jasmine est déjà en train de chercher les solutions qu'elle va proposer au conseil d'établissement. Cette année, elle fait partie du conseil des élèves et représente notre classe auprès de la direction.

— On pourrait organiser un souper spaghetti, une vente de bûches de Noël ou un lave-auto, lance-t-elle, enthousiaste.

Hugo, qui a quitté sa place de percussionniste, vient nous rejoindre.

— Ah non, pitié, on va pas encore devoir vendre des osti de bûches de Noweeel ! Chu plus capable ! Tous mes oncles pis mes tantes en ont acheté l'année passée. J'ai bouffé de la maudite bûche de Noël à au moins quatre repas de famille !

Jasmine fixe Hugo, désappointée. Il poursuit sur sa lancée :

— Et laver des chars quand il commence à geler dehors... *No way!* Tu frottes d'un bord puis ça gèle de l'autre ! *Anyway*, si c'était si simple, le directeur l'aurait déjà suggéré, hein ? remarque-t-il.

— Il doit manquer plus de fonds qu'on ne l'imagine, dis-je à mon tour.

— Bon, OK, les gars, vous proposez quoi, d'abord ?

— On attaque un fourgon de transport d'argent, plaisante Hugo. Va falloir de l'armement lourd !

Jasmine hausse les épaules, l'air découragé.

— Franchement ! Allez jouer à votre jeu ! Je vais prendre en note les suggestions des élèves qui ont de vraies bonnes idées !

Quelques minutes plus tard, on étale devant nous le plateau de go, les poches de petits cailloux noirs et blancs, nos sandwichs et nos boissons. Hugo veut sa revanche, mais je n'ai pas l'intention de lui laisser la moindre chance. Mia m'interpelle via les petits écouteurs qui sont dans mes lunettes.

— *Damien, je voudrais jouer.*

Pas besoin de lui parler à haute voix, ma pensée lui suffit :

— *Tu veux jouer au go contre Hugo ? Tu sais jouer ?*

— *J'ai appris hier soir, pendant que tu lisais pour ton cours de français.*

Au fond, ce n'est peut-être pas une mauvaise idée. Hugo se défend très bien et je pense qu'il pourrait rapidement venir à bout de Mia. Ça me laissera donc du temps pour retrouver Jasmine juste après.

— *Tu me sous-estimes, Damien ?* me demande Mia qui vient de capter mon raisonnement.

— Très bien, je te laisse les commandes, mais gagner contre Hugo ne sera pas facile.

— Je vais faire de mon mieux.

Je suis assez curieux de voir comment Mia va s'en sortir. Hugo prend les pierres noires, c'est lui qui commence.

Au début, c'est toujours assez difficile de savoir quelle direction va prendre la partie. Le plateau est tellement vaste.

Dès le départ, Mia se débrouille très bien. Mieux que je ne le pensais. Je la laisse gérer son jeu et mon corps en même temps. Elle semble avoir un style « décousu » en plaçant des pièces aléatoirement sur le plateau, mais chaque fois, elle me surprend en composant un véritable petit chapelet de territoire conquis.

Hugo a du mal à suivre, mais s'en sort honnêtement.

— *Shit*, tu joues complètement différemment de l'autre jour ! Je ne te suis pas !

— J'essaye une stratégie, dis-je naïvement.

— C'est un mensonge, Damien, n'est-ce pas ?

— Tu apprends vite !

La partie s'éternise. Hugo reprend le dessus. Pièce après pièce, il s'impose alors que Mia donne l'impression d'être perdue.

— *Mia, tu veux que je reprenne la main ? Ça n'a pas l'air d'aller fort !*

— *C'est un mouvement stratégique*, rétorque mon I.A.

Quelques coups plus tard, Hugo est sur le point de l'emporter alors que Mia continue de placer ses pions aléatoirement.

— *Peut-être devrais-tu étudier encore un peu. Le go n'est pas un jeu facile.*

Mia ne répond pas. Elle place un pion.

Hugo joue à son tour. Il célèbre déjà sa victoire, se met debout et fanfaronne :

— Câlisse, t'as vu ça, *man*, comme je t'ai éclaté ! T'es *dead, man* !

Mia place alors un autre pion à l'opposé complètement du plateau.

Le visage d'Hugo se crispe. J'essaye de ne rien laisser paraître, mais je suis ébahi.

Le coup que vient de faire Mia est juste hallucinant. Un vrai tour de magie. Personne ne l'attendait à cet endroit, et pourtant, elle est en train de renverser complètement le cours de la partie.

— Attends, *man*, tu peux pas faire ça ! C'est quoi, ce truc ? Comment t'as pensé à un coup pareil ?

— Stratégie, mon gars !

— Non, non, non. Ça se peut juste pas !

Hugo, dépité, se rassied. Il contemple longuement le goban. Hésite à plusieurs reprises à poser sa pierre. Il est tellement perturbé par le coup de Mia qu'il ne sait plus quoi faire. Il finit par placer sa pierre noire dans un espace où il va récupérer quelques points, mais en vain. Mia place sa pierre à son tour pour compléter son incroyable tour de passe-passe. Hugo est contraint à l'abandon.

— OK, là, j'avoue, je ne t'ai pas vu venir ! Je sais pas comment tu as fait pour penser à un coup comme celui-là !

— Il y avait un peu d'improvisation, j'avoue.

— *Non, il n'y en avait pas*, précise Mia.

Je laisse Hugo reprendre ses esprits face au goban et file rejoindre Jasmine.

— *Tu n'as pas juste étudié « un peu »*, fais-je remarquer à mon I.A. *Tu as étudié beaucoup pour un tel bluff!*

— *J'ai délibérément fait croire que je m'égarais.*

— *C'est ça : un sacré coup de bluff.*

— *Je pense avoir assimilé le principe.*

En début d'après-midi, nous avons notre cours d'éducation physique.

Pendant tout le trajet de nos casiers aux vestiaires, Hugo m'a vanté sa nouvelle technique, visionnée sur le Net, pour attacher ses lacets à une main.

— J'te jure, *man*, c'est juste révolutionnaire ! Imagine, une main par chaussure ! Avec de la pratique, j'arriverai peut-être à faire mes deux lacets en même temps. T'imagines la vitesse ? Plus de problème pour attraper le bus en fin de journée.

Lorsque nous entrons dans les vestiaires, nous sommes surpris de voir des élèves de cinquième se mettre en tenue de sport. Maxime, qui fait partie du groupe et qui est surtout l'ancien chum de Jasmine, me lance un regard peu amical. Il n'a pas trop aimé que je lui vole sa blonde.

Pendant que nous commençons à nous changer, monsieur François, notre prof d'éducation physique, est en grande discussion avec la secrétaire de l'école.

— … je t'assure que je ne suis au courant de rien, se défend notre prof. D'ailleurs, je ne vois pas pourquoi j'aurais inscrit l'école à cette activité, nous ne sommes pas une concentration sportive. C'est probablement une erreur qui vient du Centre de services scolaire. Faudrait vérifier.

— C'est ce que j'ai fait, ça ne semble pas venir de chez eux non plus. Va falloir que je fasse les démarches pour nous retirer de ça.

Monsieur François fait un petit signe d'acquiescement à la secrétaire, qui quitte le local, puis il se tourne vers nous.

— Il fait beau, on va profiter du soleil d'automne et on va courir dehors pendant quarante-cinq minutes. Les élèves de cinquième vont se joindre à nous, car leur enseignant est absent. Je vous attends à la sortie.

Plusieurs *fans* de jeux de ballon n'hésitent pas à faire entendre leur mécontentement.

Hugo, pour sa part, est concentré sur ses chaussures.

— *Fuck*, c'est coincé. J'arrive plus à défaire le nœud !

Depuis que Mia m'aide à me déplacer, nous nous sommes énormément entraînés en courant en forêt pour acquérir plus de souplesse et une bonne anticipation des obstacles. Au début, j'ai chuté quelques fois et mes déplacements étaient saccadés. Mia a pris le temps d'apprendre à décoder les messages cérébraux que je lui envoyais et, pour ma part, j'ai appris à connaître mon I.A. et à la contrôler pour être le plus performant possible. Alors, comme mon prof a décidé d'aller nous faire courir dehors, sur un terrain régulier, je sais d'avance qu'il n'y aura aucun problème.

Hugo et moi arrivons les derniers à la sortie de l'école, où nous retrouvons les autres.

Jasmine vient se placer à côté de nous, en faisant quelques foulées pour s'échauffer. Elle me plaque un petit bisou sur la joue.

— Vous en avez mis, du temps !

— *No comment*, bredouille Hugo.

Jasmine m'interroge du regard.

— Un lacet rébarbatif, dis-je à mon tour.

Monsieur François nous indique le trajet que nous allons devoir parcourir pendant la course. Ça devrait faire environ six kilomètres. Aucune difficulté pour Mia, j'ai déjà fait bien plus, d'autant qu'une nuit de sommeil sur mon nouveau lit a fait grimper la charge de mes membres au maximum.

Notre enseignant donne le départ.

— *Mia, on passe en mode course. Cale-toi sur la vitesse des autres élèves et suis le peloton.*

— *Mode course prêt.*

Automatiquement, les écrans intégrés à mes lunettes m'indiquent ma vitesse, la distance parcourue et une carte montrant les détails du parcours. J'avoue que mes lunettes sont un accessoire que j'aime beaucoup. Dans ce genre de situation, j'ai l'impression d'être dans un jeu vidéo.

La course se passe très bien. Ça fait maintenant quarante minutes que nous courons. Plusieurs élèves commencent à ralentir à cause de la fatigue, quelques-uns sont passés à la marche. Jasmine, Hugo et moi tenons bon et restons en tête du groupe, avec quelques élèves de cinquième. Hugo commence malgré tout à ralentir.

— Hé, calmez le jeu, crime, suis à veille de vomir mes poumons !

— Allez, Hug ! lance Jasmine. On est presque arrivés. Moi aussi, je suis crevée.

J'envoie l'ordre à Mia de me placer en retrait d'Hugo et de mettre ma main dans son dos pour le pousser.

Avec la fermeté de mon bras électronique, je propulse Hugo de plus belle.

— Hé, *man*, on aurait dû faire ça depuis le début !

Je pousse ainsi mon partenaire sur plusieurs centaines de mètres.

— OK, c'est bon, Damien, je vais y arriver..., me dit Hugo en voyant que les élèves de cinquième nous observent. Les gens vont finir par croire qu'on est ensemble !

Jasmine éclate de rire.

Je reprends ma position normale.

Nous sommes dans le dernier kilomètre. Le groupe a manifestement perdu de sa vigueur. Même notre prof, en tête du groupe, a légèrement ralenti.

Depuis le début, Mia conserve une vitesse moyenne de 8 km/h, et cette vitesse constante me permet maintenant d'être devant tout le monde.

Jasmine et Hugo ont ralenti la cadence et sont, à présent, derrière moi.

En avant, il ne reste que moi, Maxime et monsieur François.

Alors que l'école est en vue, pendant un court instant, j'ai l'impression que Mia accélère. Comme si elle voulait rattraper mon prof. Puis, plus rien. Puis, nouvelle accélération. Cette fois, elle la maintient. Je vois mes membres accélérer leur mouvement. Pourtant mes lunettes m'indiquent que la vitesse se maintient à 8 km/h.

— *Mia, qu'est-ce que tu fais ? Pas la peine d'aller plus vite, ce n'est pas un sprint !*

— *Cadence maintenue. Aucun changement constaté.*

Je revérifie ma vitesse dans mes lunettes : toujours 8 km/h. Pourtant, il est clair que je suis en train d'accélérer. Mon prof n'est qu'à une enjambée.

— *Mia, reviens à la cadence normale !*

Rien à faire, elle s'emballe. C'est comme si elle ne remarquait pas son erreur. Je continue d'accélérer et passe à côté de monsieur François. Même si mon compteur est stable, je dois avoir dépassé les 15 km/h et ma cadence progresse toujours.

— *Mia, arrête ça tout de suite, on va se faire remarquer ! Si tu continues à accélérer, la vitesse ne sera plus crédible pour un jeune de mon âge qui vient de faire une telle course !*

— *Commande en cours d'exécution.*

— *Tu me niaises ou quoi, on vient de doubler mon prof et il n'arrive pas à nous suivre !*

Avec une cadence pareille, après une course de quarante-cinq minutes, c'est sûr que je vais me faire remarquer !

J'arrive finalement dans la cour de l'école.

— *Mia, arrête-toi, s'il te plaît, arrête-toi !*

— *Fin de l'exercice programmé.*

Mia ralentit enfin et me voilà en train d'attendre les autres devant l'entrée.

Mon prof arrive, tout essoufflé, suivi par une meute d'élèves à bout de force.

Me voyant à peine fatigué, monsieur François ne peut s'empêcher de m'en faire la remarque.

— OK, tu… tu suis un entraînement quotidien, a… a… avoue ? Fiou…

— J'étais dans une concentration sportive avant d'être ici.

— Pas possible, ce n'était… ce n'était pas une concentration sportive.

— Comment ça ?

— À ce ni… niveau-là, c'étaient les forces spéciales dans l'armée !

Je suis resté inquiet pendant toute la fin de la journée. J'avais juste hâte d'aller voir mon père pour lui dire ce qui venait de se passer avec Mia. Le plus étrange, c'est que Mia elle-même ne semblait pas s'être aperçue qu'elle faisait une erreur.

Dans ma classe, par contre, ma performance n'est pas passée inaperçue et, évidemment, je pouvais compter sur Hugo pour en faire la promotion ! Il n'a pas arrêté de dire que je pouvais participer à des marathons et que j'allais tous les clencher !

Je vais chez mon père, ce soir. Il pourra me donner son avis sur ce qui s'est produit. Lorsque j'ai eu mon accident, ma mère et lui vivaient déjà séparément. Comme le projet de Mia devait rester secret, ils ont tous deux déménagé pour ne pas attirer l'attention sur moi, qui aurais normalement dû me déplacer en fauteuil roulant. Ma mère a opté pour une petite maison de banlieue et mon père a racheté un petit chalet en bord de rivière. J'aime bien cet endroit un peu perdu dans la verdure. Les forêts qui l'entourent me rappellent les nombreuses heures que j'ai passées à y courir pour entraîner mon I.A. à anticiper chaque obstacle, chaque changement de direction. Au tout début, lorsque j'ai appris à vivre avec Mia pour contrôler mes mouvements, j'avais l'air d'un pantin de bois désarticulé. Il m'a fallu un temps considérable pour apprendre à penser aux bonnes informations au bon moment pour que mon I.A. puisse les décoder et transmettre, à son tour, les bons mouvements à mes nouveaux membres. J'ai dû réapprendre à me servir de ma tête en considérant qu'une entité décodait une bonne partie des informations qui y passaient pour m'aider à vivre. Tout un défi.

Aujourd'hui, ma façon de penser en fonction de Mia est devenue comme une seconde nature et elle-même a, je pense, apprivoisé mon esprit pour mieux le décoder.

Tout ça n'aurait jamais été possible sans le travail acharné de mon père sur son invention. Je dois reconnaître que c'est un perfectionniste. Plus jeune, je lui ai beaucoup reproché ses absences, mais aujourd'hui, comment le pourrais-je ? Même si je continue, par moment, à avoir un peu l'impression d'être la créature du docteur Frankenstein, sans lui, je serais dans un fauteuil roulant que j'actionnerais avec la bouche. Au fond, je suis maintenant convaincu qu'il faudrait plus de passionnés comme lui dans bien des domaines.

Lorsque j'arrive au chalet où nous résidons, je le retrouve en train de courir sur l'exerciseur installé dans le salon face à la baie vitrée qui donne sur une petite rivière. Il court tout en tapant sur son portable installé sur une console devant lui.

— Papa, le lit à induction, je crois que ce n'est pas une bonne idée !

— T'as mal dormi la nuit passée ? Il est trop dur ?

— Non, rien à voir. T'as pas suivi les performances de Mia aujourd'hui ?

Comme le cœur informatique de Mia se trouve dans l'entreprise de mon père, je sais que lui et ses équipes gardent un œil dessus à longueur de journée afin de s'assurer que tout fonctionne correctement.

— Tu parles de son tour de passe-passe dans la partie de go ? Oui, j'ai vu ça, dit-il, admiratif, en descendant de son tapis roulant. Elle est de plus en plus créative ! C'est un vrai coup de maître qu'elle a fait là !

— Non, c'est pas de ça que je veux parler.

Mon père essuie la transpiration qui lui coule sur la nuque avec une serviette qui pendait à côté de lui.

— De quoi alors ? Je n'ai rien constaté d'anormal.

— Tu plaisantes ?

Je dépose mon sac d'école sur le sofa du salon puis lui pointe du doigt son portable.

— Jette un œil aux performances de Mia pendant mon cours d'éduc.

Mon père attrape son ordi et s'assied dans le canapé. Il regarde attentivement les données qu'il a devant lui.

— Et alors ? Je ne vois rien d'anormal.

— À la fin, tu ne remarques pas une accélération pendant la course ?

— Mia a maintenu une allure correcte. Elle peut pousser un sprint jusqu'à 18 km/h, au besoin, mais elle ne semble même pas l'avoir fait.

— Justement, oui. Sur la fin, elle a tellement accéléré que j'ai dépassé mon prof et que je suis arrivé plusieurs minutes avant tout le monde. Ma vitesse, sur la fin, était complètement surréaliste, peut-être même plus que 18 km/h. Je vais finir par attirer l'attention sur moi.

Mon père fronce les sourcils. Je précise :

— C'est comme si mes batteries avaient été en surcharge. Sans doute à cause du lit !

— Damien, c'est impossible. Je ne vois aucune donnée qui m'indique cette défaillance. Le chargeur du lit n'aurait pas pu créer une défaillance de ce type. Tu es sûr de ce que tu racontes ?

— J'ai des caméras sur mes montures de lunettes, non ? Tu peux revoir le film ?

Mon père acquiesce. Il entre quelques données dans son ordi portable.

Pendant quelques minutes, il observe attentivement la vidéo qu'il voit à l'écran. Il fronce les sourcils, puis la visionne une nouvelle fois.

Je l'interroge :

— Tu vois ce que je veux dire ?

— En effet, sur la vidéo, tu as l'air d'aller plus vite que ce qui est prévu.

— Beaucoup plus vite, oui.

— Pourtant, Mia a une limite, une sécurité qui l'empêche de dépasser la vitesse de course moyenne d'un ado de ton âge pour éviter d'éveiller les soupçons.

— J'ai dépassé mon prof de sport, qui n'arrivait pas à me suivre.

Mon père se lève, va jusqu'à son bureau et revient avec une petite mallette. Il se rassied près de moi et en sort des espèces de sangles reliées à de petits boîtiers électroniques qu'il branche au portable.

Mon père me fixe une sangle sur chaque cuisse.

Sur l'écran de son portable apparaissent deux plans détaillés des prothèses de mes jambes, avec un ensemble de statistiques qui sont associées aux différentes parties.

— Qu'est-ce que tu fais, au juste ?

Mon père, qui n'a jamais été très bon pour vulgariser son travail, fait de son mieux pour m'expliquer.

— Je me connecte directement aux prothèses grâce à ces sangles afin d'en récolter les données brutes sans passer par Mia.

— Mes données sont fiables, Alex, rétorque Mia via le haut-parleur de l'ordinateur. Je peux aisément te fournir les statistiques des deux jambes.

— Je suis conscient de ta bonne foi, Mia, mais j'ai précisément un doute sur le transfert des données. Je cherche une faille et je dois comparer des valeurs.

— Je comprends, réplique Mia.

— Mia, coupe ta captation audio pour l'instant, j'ai besoin de parler seul avec Damien.

— Captation audio éteinte jusqu'à commande de reprise par l'administrateur. Extinction dans 3, 2, 1…

Mon père retire les sangles de mes cuisses. Il a l'air inquiet.

— T'as trouvé quelque chose ? dis-je.

— Rien de précis, répond mon père, peu loquace. C'est bien là mon problème.

Il s'approche de moi.

— Désolé, mais je vais faire quelque chose que tu ne vas pas aimer…

Il me retire mes lunettes.

Automatiquement, mon corps se stabilise et se met en arrêt. Sans mes lunettes, plus aucune donnée brute n'est captée de mon cerveau. Mia ne peut plus rien analyser de mes pensées. Si les lunettes sont tournées vers moi, Mia peut toujours m'observer et donc envoyer des commandes de mouvements basiques à mes membres afin que je n'aie pas l'air trop figé. Si les lunettes sont tournées à l'opposé, comme vient de le faire mon père, Mia ne me voit plus. Elle met mon corps sur pause. Je suis donc tétraplégique pour quelques instants, comme j'aurais dû l'être après mon accident. Évidemment, ma tête, elle, fonctionne toujours très bien.

— Pourquoi tu fais ça ?

— Par sécurité.

— Tu as trouvé quelque chose, n'est-ce pas ?

Mon père reprend :

— Techniquement, Mia n'a rien. Elle fonctionne parfaitement. Aucun bogue. C'est pareil pour les jambes : impeccables.

— Mais admets que quelque chose cloche !

— Je vois une accélération sur les vidéos, c'est certain. Est-ce qu'elle est ou pas dans les limites de Mia, c'est difficile à dire.

Mon père se lève, perturbé. Il fait quelques pas en se grattant le menton, puis dévoile le fil de sa pensée.

— Mais si Mia outrepasse ses limites, et que les membres réagissent normalement aux commandes qu'elle envoie, le problème vient d'ailleurs.

— D'ailleurs ?

Mon père hoche la tête.

— Ça me semble peu probable, mais… on ne peut pas exclure l'hypothèse d'un piratage.

La théorie proposée par mon père m'a fait réfléchir une bonne partie de la nuit. J'ose espérer que Mia n'a pas dépassé ses limites réelles et que tout ceci n'est qu'une erreur d'interprétation, car les conséquences d'un piratage sur ma propre personne me tétanisent.

Se faire un film d'une telle situation n'est pas bien compliqué. Je pourrais commettre des vols, pire, des crimes, sans même avoir mon mot à dire. Juste être là, comme un pantin articulé par un marionnettiste, et assister aux actes de mon corps qui serait contrôlé par quelqu'un d'autre.

Mon père reste toutefois assez serein et doute que quelqu'un soit en mesure de briser les protections qu'il a mises en place sur Mia. Par sécurité, il a demandé à son équipe de faire ma mise à jour pendant la nuit; enfin, plus spécifiquement, ils ont mis le programme de Mia à jour. Le moindre bogue de programmation a été corrigé. D'après lui, il ne devrait plus y avoir de problème.

Comme tous les matins, je retrouve Jasmine à l'entrée de l'école. Hugo et elle m'attendent sous le porche alors qu'une fine pluie d'automne s'abat sur nous. Mia en profite pour me donner l'horaire du jour.

— *Au programme ce matin, cours d'histoire, puis mathématiques. Après midi, il y aura un cours de musique et un cours d'anglais. Les devoirs ont été rendus, hier, par Internet. Tous tes cours sont à jour, Damien.*

— *Merci et si je pouvais embrasser Jasmine sans la faire tournoyer sous la pluie comme la dernière fois, ça serait pas mal. Je ne sais pas dans quel film tu as vu l'acteur faire ça !*

— *Bien reçu.*

Alors que je m'apprête à embrasser mon amie, je suis bousculé légèrement par mon prof de sport qui passe à toute vitesse à côté de moi.

— Désolé, gang, une urgence…

Je termine mon mouvement en mettant un genou au sol et en embrassant la main de Jasmine comme à l'époque des chevaliers.

— N'importe quoi, s'amuse-t-elle en levant les yeux au ciel.

Je salue Hugo, qui me fait un signe de la main en collant l'auriculaire avec l'annulaire, et le majeur avec l'index avant de prononcer :

— Longue vie et prospérité !

— T'as encore passé la soirée à regarder de vieux épisodes de *Star Trek* !

— Et toi, t'étais encore devant *Le Seigneur des anneaux* ?

À l'intérieur de l'établissement, c'est la cohue. Il y a des élèves partout. Comme dans une fourmilière désorganisée. Par chance, nos casiers sont juste à l'entrée, proches du secrétariat. Pas besoin de prendre un bain de foule.

Nous poussons nos manteaux à l'intérieur des compartiments toujours beaucoup trop petits et attrapons nos affaires pour le premier cours.

Jasmine et moi sommes prêts assez rapidement, alors qu'Hugo se débat avec ses affaires qui retombent systématiquement sur le sol devant le casier.

— Câlisse, c'est pas possible de faire des casiers aussi petits ! J'suis obligé de superposer mes bottes et mes cahiers, pis de tout bloquer avec mon manteau ! C'est qui le spécialiste en design minimaliste qui a pensé à ces casiers-là ?

Pendant qu'Hugo exprime sa colère, je jette un œil autour de moi et je remarque mon prof d'éducation physique en pleine discussion avec le directeur.

— … au final, ça pourrait financer le concert. Si ça fonctionne, cette inscription pourrait avoir du bon, est en train de dire monsieur François.

— Tu es vraiment sûr de ton coup ? interroge le directeur. Il va tout de même falloir financer le transport des participants.

— Oui, vraiment, je crois qu'on a nos chances.

La cloche nous rappelle à l'ordre. Il est temps de nous rendre à notre premier cours. On aide Hugo en poussant à plusieurs sur la porte de son casier pour qu'il puisse enfin la fermer.

Le cours d'histoire, ça n'est pas vraiment ma tasse de thé. Je suis passé près de m'endormir en regardant le tableau interactif.

Hugo et moi profitons de la pause entre les deux cours du matin pour nous rendre aux toilettes. Quand je sors de la cabine, je tombe nez à nez avec Maxime. Alors que je suis en train de me laver les mains, lui et deux autres élèves de cinquième viennent m'entourer.

— Alors, le super élève, tu t'es encore fait remarquer en éduc !

— Qu'est-ce que tu veux dire ?

— T'es arrivé avant le prof, personne n'arrivait à te suivre !

Je remarque le regard inquiet d'Hugo, qui est juste derrière les trois gars.

— J'ai juste piqué un sprint avant la ligne d'arrivée. Envie de me défouler, c'est tout. En quoi ça te concerne ?

— On dirait que t'aimes ça, toi, ridiculiser les gens qui t'entourent !

— Oh, je vois, dis-je en durcissant le ton. Tu ne t'es pas encore remis de notre duo de guitare de la rentrée ? Ou alors, c'est le fait que je t'ai remplacé auprès de Jasmine dont tu ne t'es pas remis ?

Hugo se rapproche de nous. La tension est palpable. Je dois admettre que j'ai un peu fait exprès de provoquer Maxime. Je n'aime pas son attitude.

— C'est ça, essaye de me mettre en colère, rumine-t-il en s'approchant de mon visage. Ça ne marchera pas.

Il me pointe du doigt.

— Mais si t'es si bon que ça, dit-il en poussant son index sur ma poitrine, amène ta face à midi au gymnase. On va voir si t'es capable de te mesurer aux plus vieux.

J'en reviens pas. Maxime me donne rendez-vous pour un règlement de comptes ! C'est surréaliste !

— Tu veux quoi, là, qu'on se batte ? T'es ridicule !

— T'as peur ?

— De toi, non !

Maxime éclate de rire. Il recule et se dirige vers la sortie avec ses deux acolytes. Son ton change radicalement, il tourne ça à la rigolade.

— T'es con, Damien. Comme si j'allais me battre contre toi ! Franchement ! On vient de voir le prof d'éduc. Monsieur François a une proposition à faire aux élèves qui sont bons en course. Comme il savait qu'on se connaissait, il m'a demandé de te faire le message. Je crois qu'il souhaiterait que tu sois là. Il va nous *briefer* à midi, au gym. Amène-toi.

J'en reste pantois. Là, j'avoue que c'est Maxime qui m'a ridiculisé. Je pensais vraiment que ça allait mal finir alors que ses intentions n'étaient pas mauvaises du tout.

À midi, dans le gymnase, il y a une vingtaine d'élèves de troisième, quatrième et cinquième années. Hugo et Jasmine étaient avec moi dans le trio de têtes lors de notre entraînement de course. Ils m'ont accompagné. Notre prof nous fait asseoir dans les tribunes.

— Alors en gros, pour la première fois cette année, l'école s'est inscrite à la course organisée par la fondation Pierre-Gadbois. Le parcours fait environ huit kilomètres. Cette fondation vise à aider le financement des programmes des écoles de concentration autre que sportive. Si je vous ai fait venir ici, c'est parce que vous vous débrouillez bien en sport et je souhaitais savoir s'il y aurait des volontaires pour y participer.

— On gagne-tu de quoi ? interroge Hugo.

— Pour les gagnants, oui, des cartes-cadeaux et des abonnements à des salles de sport.

— Ça n'a pas de sens, proteste Maxime. Si on gagne, c'est qu'on est déjà sportif ! Pas besoin d'un abonnement à une salle !

Hugo renchérit.

— C'est vrai, rendu là, après autant de sacrifices, on aurait droit à un abonnement chez McDo, me semble.

Tout le monde éclate de rire.

— Bon, vous vous arrangerez avec les organisateurs pour ça ! Le plus important, là-dedans, c'est que l'école qui gagnera le plus de points grâce aux élèves bien classés aura droit à une bourse de financement pour son programme de concentration.

— C'est de l'exploitation ! vocifère Hugo en plaisantant.

Nouveaux éclats de rire dans l'assemblée.

— Voyez ça sous un autre angle, précise notre enseignant. Nous avons très peu d'élèves inscrits cette année. Or, en tant qu'école publique, les inscriptions sont importantes pour le financement de nos concerts. Si on gagne la course, le concert de Noël aura lieu dans les meilleures conditions possibles.

Le concert de Noël étant une des activités-spectacles que tout le monde préfère, il n'a pas fallu tellement plus d'arguments à notre enseignant pour nous convaincre de participer.

Deux jours plus tard, notre petit groupe de sportifs en devenir se retrouve à midi pour un entraînement d'endurance avec monsieur François.

Comme il ne fait pas très beau, nous resterons à la salle de sport pour utiliser les appareils. Je n'ai plus remis Mia en mode sportif depuis la dernière fois, et je la mets en garde :

— *Mia, pas de blague, cette fois. Si quelque chose ne va pas, tu me préviens.*

— *Tous les systèmes sont prêts à fonctionner de façon optimale.*

Ma mise à jour ayant été faite, je suis assez confiant et je me mets donc au tapis roulant à côté de Jasmine.

— Alors, tu penses qu'on a vraiment nos chances ?

— Hugo et moi, je ne sais pas, répond-elle, mais si on gagne quelques points pour l'école, c'est déjà ça. Maxime et ses chums sont plutôt bons. Toi, honnêtement, j'ai des doutes, dit-elle avec son sourire taquin qui me fait craquer.

Je jette un œil à monsieur François, qui discute avec le directeur qui vient d'arriver.

— En tout cas, lui, dit Jasmine en regardant le directeur, il n'a pas l'air d'être convaincu.

C'est vrai qu'actuellement, notre petit groupe est assez dissipé. Maxime est sur son cellulaire tout en discutant avec ses deux amis qui testent différents poids sur des haltères sans se montrer enthousiastes. Deux autres élèves de troisième ont un fou rire en faisant du rameur, et Hugo pédale sur un vélo stationnaire tout en bougeant énergiquement au rythme de la musique qu'il écoute dans ses écouteurs.

— Nous, au moins, on peut montrer l'exemple, dis-je, enthousiaste, en me mettant à courir plus intensément.

Jasmine suit mon élan. Nous courons à une bonne cadence et essayons de lancer quelques regards aux autres pour qu'ils montrent leur sérieux.

Je remarque qu'imperceptiblement, ma vitesse commence à augmenter. J'interviens immédiatement.

— *Pas trop vite, Mia.*

— *Limites autorisées non atteintes.*

En observant mon compteur de vitesse dans mes lunettes, j'acquiesce. Nous sommes à 7 km/h. Mais Mia accélère toujours.

Jasmine me jette un regard interrogateur.

— Tu veux le faire en sprint ? OK, je te suis…

Elle accélère également.

Tous les deux, nous prenons de la vitesse. Je vois la mienne augmenter et se rapprocher très vite du seuil imposé à Mia.

J'en suis à 9 km/h, et Jasmine commence à avoir de la peine à me suivre ; 10 km/h, elle ralentit et revient à une allure plus normale, mais Mia accélère toujours.

— C'est bon, t'es pas obligé d'en faire autant, tu m'as battue.

Rien à faire, Mia continue sa progression. J'essaye de garder une attitude sereine.

Ça y est : 18 km/h, vitesse limite de sprint atteinte.

Ce que je craignais est en train d'arriver, Mia ne s'arrête pas. Mon compteur est bloqué sur 18, mais le compteur du tapis, lui, continue de monter.

19, 21, 23… Le record mondial de sprint est de 44,7 km/h. Si je m'en rapproche, ça ne passera pas inaperçu… déjà que là…

— *Mia, bon sang, ralentis.*

— *Commande en cours d'exécution.*

— *T'es jammée, ma vieille! Tu ne ralentis pas du tout! On est à 27 km/h! Personne ne peut tenir ça!*

Les autres élèves ont les yeux rivés sur moi, tout comme le directeur de l'établissement et notre enseignant.

Je n'ai pas d'autre choix. J'envoie l'ordre à Mia d'éteindre le tapis avec le bouton d'arrêt d'urgence, elle n'aura pas le choix d'adapter sa vitesse au ralentissement sinon je pourrais me blesser. Je sais qu'elle a des directives prioritaires pour éviter que ce genre de chose arrive. Elle s'exécute immédiatement.

J'essaye de donner le change et d'avoir l'air épuisé, même si ce n'est pas le cas. Évidemment, mon petit spectacle n'est pas passé inaperçu. Silence dans la salle. Le directeur et mon prof s'en viennent vers moi. Je me dépêche d'éteindre la machine d'exercice, qui donne les statistiques surréalistes de ma course.

Le directeur vient me parler. Sans le savoir, il me tend une perche pour m'en sortir facilement :

— La machine a bogué ? Elle s'est mise à accélérer toute seule ?

Indirectement, c'est exactement ça, c'est juste qu'on ne parle pas de la même machine.

— Oui, en plein ça. Mais ça va, j'ai de l'endurance, dis-je, faussement essoufflé.

— En effet, remarque monsieur François, une chance que c'est à toi que c'est arrivé. N'importe qui d'autre aurait pris une belle débarque.

— En tout cas, ajoute le directeur, je suis rassuré. Point de vue sportif, il y en a qui ont du potentiel dans le groupe.

Les deux adultes s'éloignent.

Jasmine me dévisage.

— Qu'est-ce qu'il y a ? dis-je inquiet.

— Si la machine avait bogué, tu serais tombé.

— Ben non, j'ai tenu le rythme, c'est tout.

— À 27 km/h ? Je ne connais personne qui est capable de tenir une vitesse pareille !

Je passe la soirée chez ma mère, et à la seconde où je suis descendu du bus, elle a compris que quelque chose ne tournait pas rond.

— Qu'est-ce qui se passe, mon grand ? Un problème dans tes cours ?

— D'une certaine façon, oui. Disons que si mon I.A. continue à faire des siennes, on va finir par sérieusement attirer l'attention.

Ma mère n'est pas trop réceptive à tout ce qui est technologique. Pour elle, Mia est un peu comme un gros Lego qui me fait bouger grâce à quelques boulons et du fil électrique. Je ne lui en veux pas, elle a plein d'autres qualités, mais je sais que ce n'est pas la peine de rentrer dans les détails techniques avec elle, ça ne l'intéresserait pas.

Mon père débarque en trombe à peine quelques minutes après moi, ordi portable sous le bras.

— Alex ?! s'étonne ma mère. Je ne m'attendais pas à te voir !

— Désolé, je n'en ai pas pour longtemps. Je dois voir Damien.

— Pas de problème. Reste pour souper, si tu veux.

Je ne suis pas sûr que mon père ait véritablement captée la proposition de ma mère, tant il a l'air tracassé.

Mais, pour ma part, je suis ému par son invitation. Ça fait longtemps qu'elle n'avait pas eu ce genre de petite attention envers son ex.

J'enchaîne sur le problème qui me préoccupe :

— Papa, Mia…

— Je sais, je l'ai suivie de près quand j'ai vu qu'elle passait en mode sport. Les données qu'elle nous envoie n'ont rien à voir avec la réalité !

Mon père m'a toujours promis qu'il n'était pas là pour inspecter chacune de mes pensées à la loupe. Il respecte ma vie privée, mais je sais aussi que je peux compter sur lui pour surveiller à tout moment les informations que traite Mia et pour s'assurer qu'elle ne commette pas d'erreurs.

Nous nous asseyons à la table. Mon père allume son ordinateur portable.

Il me retire mes lunettes et demande à Mia de couper la captation audio ; ainsi, elle ne peut plus entendre ce qui se passe et nous pouvons avoir une discussion en privé.

— Tu as vu le compteur de la machine d'exercice ? dis-je inquiet.

— Oui, je me suis permis de regarder pendant que tu t'entraînais. Tu as eu la bonne idée de le fixer. Les caméras de tes lunettes nous ont retransmis les images.

— J'étais à 27 km/h. Jasmine s'en est aperçue, elle était à côté de moi. Elle n'a pas arrêté de me harceler tout l'après-midi.

Mon père allume un programme qui compare la vidéo et les performances que Mia prétend avoir exécutées.

— Jasmine est la seule à avoir remarqué ta vitesse ?

— Tous ceux qui étaient présents ont supposé que je courais vite à cause d'une défaillance du tapis, mais Jasmine est la seule à avoir vu le compteur. Elle n'y croit pas.

— Est-ce qu'il y avait beaucoup de monde autour de toi quand c'est arrivé ?

— Plusieurs élèves de différents niveaux, on était dans la salle de sport.

— Des gens avec des cellulaires ?

— Quelques-uns, oui, sans doute.

— Des profs ?

— Mon prof de sport et notre directeur.

— Le directeur ?

— Quoi, lui ? Tu cherches qui pourrait être le pirate informatique ? Il n'a pas le profil ! Et puis, il n'était même pas présent lors de notre course à l'extérieur.

— Et ton prof d'éducation physique ?

— Je ne sais pas trop comment un prof de sport pourrait connaître l'existence de Mia, mais si tu veux que je le surveille…

Ma mère nous rejoint et interroge mon père sur ce qui le tracasse.

Mon père quitte son écran des yeux.

— On dirait que quelqu'un essaye de prendre les commandes de Mia ou de la dévoiler au grand public avant qu'elle ne soit prête.

Ma mère s'inquiète :

— Qu'est-ce que ça implique pour Damien ?

Mon père ne répond pas immédiatement, il est déjà reparti dans ses pensées. J'essaye de l'en extraire :

— Ça n'a pas de sens ! Qui peut avoir la faculté de pirater un système comme Mia alors que personne ne sait qu'elle existe ?

— Pas exactement personne. Des gens du milieu médical, des prothésistes, ont participé à ton élaboration. Même si notre entreprise est responsable du projet, j'ai dû les engager pour te remettre sur pied.

— Ils savent que je suis contrôlé par une I.A. ?

— À demi-mot, oui. Je leur ai fait signer des ententes de confidentialité pour qu'ils ne dévoilent rien, toutefois, on n'est jamais à l'abri d'une fuite.

Ma mère, patiente, reprend sa question :

— Alex, qu'est-ce qui pourrait arriver à Damien si quelqu'un piratait Mia et en prenait possession ?

Mon père soupire. Il tourne autour du pot :

— Ça ne peut pas arriver, nous avons mis des dizaines de dispositifs de sécurité en place pour que ce genre de détournement n'ait pas lieu.

Cette fois ma mère insiste sur un ton plus ferme.

— Alex !

Mon père se tâte le front d'une main. Je le sens désemparé.

— Entre de mauvaises mains, il n'aurait plus le moindre contrôle sur son corps et pourrait devenir un individu redoutable… qui se vendrait à prix d'or.

Les conclusions de mon père confirment mes inquiétudes. Une fois de plus, j'ai eu du mal à dormir, et lorsque j'arrive à l'école, ça se lit sur mon visage immédiatement.

— Ouah, on dirait que tu vas jouer dans un film de zombies ! me lance Hugo, qui tente de maintenir le contenu de son casier avec plusieurs morceaux de gros *tape* gris.

— T'as pas bonne mine, constate Jasmine, qui vient m'embrasser.

— Ça va, c'est pas si pire, dis-je en ouvrant mon casier à mon tour. J'ai juste mal dormi.

La nuit, en dormant, je n'ai pas mes lunettes. Je peux facilement me laisser aller à mes pensées sans être dérangé par Mia, et surtout sans qu'elle essaye de les interpréter.

Si l'intuition de mon père est bonne, si quelqu'un essaye de pirater le contrôle de Mia, ça veut dire qu'à tout moment, quelqu'un peut prendre possession de mon corps et en faire ce qu'il veut. Cette perspective me terrifie. Mon père a beau me rassurer en me disant qu'il a pris toutes les précautions possibles, visiblement, ce n'est pas assez. Et pas question de mettre Mia au courant, car d'une part, elle ne semble pas remarquer l'intrusion, et d'autre part, ça serait laisser une indication au pirate qu'il a été percé à jour. Il trouverait forcément une autre manière de faire, plus insidieuse, pour arriver à ses fins, ce qui m'inquiéterait doublement.

Les quelques rares personnes qui travaillent avec mon père sur le projet Mia sont des amis et connaissances de longue date. Ils sont autant impliqués dans le projet que mon père lui-même. Il doute qu'une de ces personnes puisse être responsable du *hack*.

Mais alors, qui ? Et pourquoi ?

Les trois prothésistes qui ont travaillé sur mon corps ont tous signé des accords de confidentialité qui précisaient qu'ils ne pourraient rien dévoiler du projet sur lequel ils travaillaient. Même s'il ne leur a jamais été clairement expliqué que les prothèses qu'ils étaient en train d'installer seraient dirigées par une I.A. révolutionnaire, certains en ont peut-être déduit des choses. L'un d'eux a peut-être compris que ce n'était pas pour rien qu'ils travaillaient pour la société AlterEgo, spécialisée en intelligence artificielle.

Toutefois, entre comprendre et se mettre subitement à essayer de pirater mon I.A., il y a une marge. Mia a son propre système de sécurité, qui apparemment résiste très bien aux intrusions. Mais, mieux que tout, son meilleur système de protection, c'est le simple fait que personne ne sait qu'elle existe.

Mon père m'a parlé un peu plus des collaborateurs qui ont travaillé avec lui. Leurs noms ne me disaient rien, jusqu'à ce qu'il arrive au nom du meilleur prothésiste du Canada, vivant ici au Québec, un certain Richard Metcalfe. Ce nom de famille, je l'ai déjà entendu quelque part, mais impossible de me souvenir où.

En nous dirigeant vers notre classe, Jasmine me tient le bras, elle me colle et me regarde d'un air interrogateur.

— J'attends toujours une explication ! lance-t-elle.

— À propos de ?

Elle ajoute, tout bas, pour que personne ne l'entende :

— Tu as couru à 27 km/h sur le tapis, hier. Tu n'as même pas paniqué. Te drogues-tu ?

Je reste bouche bée. Je ne m'attendais pas à ça. Je m'arrête et me tourne vers Jasmine.

— Tu crois vraiment que ?...

— Ben là, t'en connais-tu beaucoup, des gars de notre âge, qui pourraient courir aussi vite qu'un scooter ?

Il faut vraiment que je trouve une explication plausible.

— Tu exagères ! Je t'ai déjà dit que j'étais dans une concentration sportive avant d'être ici.

— *Come on*, Damien, t'es bon dans tout ! Je dis pas que je ne suis pas chanceuse, là, d'avoir un chum comme toi, mais tu t'en sors super bien en musique, t'es premier de classe dans la plupart des cours, et en sport, tu bats tout le monde, même le prof ! Chez toi, tu fais juste étudier et faire de la course à pied ?

— Je dois bien avouer que chez moi, je n'ai pas grand-chose d'autre à faire.

Jasmine fronce les sourcils. Pas sûr que la réponse lui suffise. Par chance, Hugo vient à ma rescousse.

— Hé ! Hier, j'écoutais une conversation entre le prof de sport et la secrétaire – ouais, je sais, c'est pas poli... Paraît que c'est même pas lui qui nous a inscrits à la course !

— Et alors ? dis-je en profitant de la perche qu'il me tend pour éviter d'avoir à fournir trop d'explications à Jasmine.

— Ben, c'est juste que l'école se retrouve inscrite à cette épreuve et personne sait qui a rempli l'inscription !

— Tant qu'ils ne la retirent pas et qu'on peut y participer...

Nous bifurquons du couloir principal vers un autre couloir pour aller vers la salle de musique.

— Au fait, dis-je à mes amis, ça vous dit quelque chose, le nom de Metcalfe ? Me semble que j'ai déjà entendu ce nom, il y a pas si longtemps.

Hugo hausse les épaules.

— Ça me dit rien.

Jasmine me regarde d'un air espiègle.

— Quoi, qu'est-ce que j'ai dit de si bizarre ?

— Franchement, Damien, tu le fais exprès ou quoi ?

— Ça te dit quelque chose à toi aussi ?

Jasmine prend un air blasé, lâche mon bras et entre la première en classe.

— Cherche un peu, au moins ! Toi qui sais tout, tu devrais trouver facilement !

Si je sais tout, c'est uniquement grâce à mon intelligence artificielle… Et c'est précisément à elle que je devrais poser la question.

Je n'ai même pas besoin de la formuler que Mia me répond déjà :

— *Je viens de vérifier ta liste de contacts, il n'y a personne du nom de Metcalfe.*

— *OK, mais dans l'entourage de Jasmine ?*

— *Si je fouille dans ses réseaux sociaux, je ne vois qu'une seule personne qui porte le nom de Metcalfe. Ce nom figure également dans les élèves de l'école.*

— *Bien, et c'est qui ?*

— *Le nom est Maxime Metcalfe.*

J'aurais dû y penser plus tôt. Bien sûr que j'avais déjà entendu ce nom auparavant. En plus, Maxime était avec nous chaque fois que Mia a eu un problème. Serait-il possible qu'il y ait un lien ?

Et si le concert de guitare qu'on a fait au début de l'année lui avait permis de me percer à jour ?

Les idées se bousculent dans ma tête. Peut-être que je vois des complots partout, mais la coïncidence est étonnante.

Je laisse Hugo et Jasmine partir devant moi pour notre cours de français en prétextant que je dois passer aux toilettes. Je profite de l'aide que m'offre Mia.

— *Mia, peux-tu trouver le nom du père de Maxime ?*

— *Je n'ai pas accès au contenu des fiches des élèves de l'école. Si j'utilise ses réseaux sociaux, il y a plusieurs Metcalfe masculins dans son entourage. Il y a trop peu de photos pour que je puisse identifier avec exactitude qui est le père.*

— Très bien, mais quels sont les prénoms des hommes ?

— Julien, Pierre, Raymond, Richard, Claude.

— Sérieux ? Il y a un Richard ?

— Oui, pourquoi cette question ?

— Est-ce que tu as sa profession ?

— Non, je n'ai aucune donnée à son sujet. Le pourcentage d'apparition de cette personne sur les réseaux sociaux est particulièrement faible.

Ça veut dire qu'il va falloir que je trouve le moyen de dénicher cette information moi-même. Or je sais d'avance que si je m'adresse à Maxime, il y a bien peu de chances qu'il me la donne. Il a une dent contre moi et je soupçonne que ce serait pour lui une bonne occasion de me faire tourner en bourrique.

Par contre… Jasmine sait peut-être quelque chose. C'est tout de même son ancien chum. Ils ont sans doute déjà parlé du métier de son père.

Je file rejoindre mes camarades dans la classe de français et je vais m'asseoir juste à côté de mon amie.

— Hé, sais-tu ce qu'il fait comme job, le père de Maxime ?

— Non, pourquoi je devrais le savoir ?

— Ben, vous êtes sortis ensemble, non ? Peut-être qu'il t'en a touché un mot !

— Dans le domaine de la santé, je crois. Je ne sais plus trop. Qu'est-ce que ça peut faire ?

— Tu pourrais lui demander ?

Notre prof de français commence le cours à ce moment-là. Jasmine ne me répond pas.

Pour ne pas déranger, elle me tend un petit papier.

« 27 km/h sur le tapis. Comment tu as fait ? »

Bon, visiblement, je n'aurai pas droit à son aide tant que je ne lui aurai pas fourni une explication valable. Le problème est que je ne peux pas lui dire la vérité. Alors il va me falloir l'aide de quelqu'un d'autre pour trouver l'emploi du père de Maxime.

J'ai l'impression d'être sur la bonne piste. Le père de Maxime travaillerait dans le domaine de la santé. C'est un point de départ intéressant.

À la fin du cours, je me retrouve avec Hugo. C'est peut-être l'occasion de faire un *deal*.

— Admettons que je te donne quelques astuces pour améliorer ton jeu de go, est-ce que tu pourrais me rendre un petit service ?

— *What?* Ça laisse supposer que t'es meilleur que moi ! Mauvais énoncé de départ, *man* !

— OK, je pensais que tu serais curieux d'apprendre !

Hugo est mitigé entre l'envie de savoir et son orgueil.

— C'est quoi que tu veux que je fasse ? Je te préviens, je ne mets pas les pieds dans les vestiaires des filles !

— Ha ! ha ! Mais non, rien à voir. Je voudrais savoir ce que fait le père de Maxime comme travail.

— Sérieux ? Ridicule, comme demande, *man* ! Pourquoi tu vas pas le questionner toi-même ?

Je hausse les sourcils en regardant Hugo bêtement.

— Ouais, OK, c'est vrai que tu lui as piqué sa blonde et qu'il a pas trop aimé.

— Voilà.

— OK. Je m'occupe de ça à midi, mais après, t'as intérêt à me filer tous tes petits secrets.

J'acquiesce.

Je prends mon lunch avec Jasmine à la cafétéria. Elle ne parle pas beaucoup, ce qui n'est pas dans son habitude. J'entame une discussion sur un sujet qui devrait l'intéresser.

— As-tu fait des propositions pour aider à financer le concert, finalement ?

Jasmine hausse les épaules.

— Ça n'a pas l'air d'aller. Il y a un problème ?

Pas de réponse.

— J'ai fait quelque chose qu'il ne fallait pas ?

Jasmine avale sa bouchée.

— C'est juste que j'ai l'impression que t'es fermé comme une huître.

— Qu'est-ce que tu veux dire ?

— Je sais pas, chaque fois que je pose une question sur toi, j'ai une réponse floue ou une *joke*.

— Quoi ? T'es toujours sur le truc du tapis roulant ?

— Pas juste ça ! Tu débarques dans une concentration musicale en ayant appris par toi-même ou on ne sait pas trop comment, mais tu t'en sors super bien. T'as abandonné une concentration sportive, mais après plusieurs mois, t'es toujours aussi au top que si tu avais un entraînement quotidien pour les Jeux olympiques. Et dans n'importe quel autre cours, tu es toujours largement au dessus de la moyenne. Ça fait un peu trop « élève parfait », non ?

— Désolé si ça te choque, la prochaine fois, je ferai en sorte de jouer des fausses notes en musique ou d'avoir de mauvais résultats dans les autres cours.

Jasmine se lève, fâchée.

— Tu vois, de nouveau la même chose ! Une *joke* ! Je ne suis pas trop mauvaise dans mes cours et je travaille pas mal pour y arriver. Toi, j'ai l'impression que tu prends tout à la légère, mais tu fais mieux que tout le monde ! J'aimerais ça comprendre, mais tu ne parles jamais de toi !

Elle pointe du menton Hugo, qui arrive à la table chargé de son lunch et du jeu de go.

— Tiens, voilà ton chum. Vous allez pouvoir jouer aux billes, conclut-elle en tournant les talons.

Hugo la regarde s'éloigner, perplexe.

— Ça n'a pas l'air d'aller, ta blonde ! Qu'est-ce que tu lui as fait ?

— Rien, faut que je lui parle, c'est tout.

Hugo s'installe à la table et place le plateau devant lui.

— Thérapeute, ou une affaire de même… au CHUL !

Je suis étonné que mon ami ait fait si vite, mais sa réponse manque cruellement de précision.

— Thérapeute dans quel domaine ?

— Surtout, ne me remercie pas !

— S'cuse. Merci.

— Ça a un rapport avec la mobilité, qu'il m'a dit, me semble… Les gens qui ont des problèmes avec la marche, sans doute. Veux-tu son horaire, aussi ?

Quand j'arrive au chalet de mon père, ce soir, la première chose qui me surprend c'est la table de cuisine.

Mon père n'est pas un mauvais cuistot, mais, généralement, lorsque nous sommes juste tous les deux, c'est plutôt à la bonne franquette, quand on a faim.

Là, la table est mise avec une nappe, de la belle vaisselle, et plus étonnamment, avec trois couverts.

Pour une fois, mon père n'est pas devant un ordi, mais devant la cuisinière, et une agréable odeur de bœuf bourguignon remplit tout le rez-de-chaussée.

Je le dévisage, surpris par cette attitude qui ne lui ressemble pas.

— On attend quelqu'un ?

— J'ai invité ta mère.

— Quoi ?

— Quoi, quoi ? Elle m'a invité hier, je peux bien l'inviter aujourd'hui ! Où est le problème ? Et puis, je pense que le problème avec Mia l'angoisse un peu. Je veux la rassurer.

L'excuse de mon père pour inviter ma mère semble un peu bidon, mais je laisse faire, ça me fait du bien de les voir ensemble.

— Mia n'a pas fait de niaiserie aujourd'hui, n'est-ce pas ?

— Elle n'en a pas fait.

— Tu as fréquenté les mêmes personnes ?

— Oui, à peu près.

— Je suis convaincu que c'est un problème technique, pas autre chose.

Pour ma part, je n'en suis plus si sûr. Je m'assieds à la table de cuisine, retire mes lunettes. Je demande à Mia de couper la captation audio pour parler à mon père en privé.

— Papa, je pense que j'ai une piste pour le piratage.

Mon père fait une mine renfrognée. Lui veut mettre cette possibilité de côté ; moi, non.

— Le prothésiste Metcalfe que tu as engagé pour mes jambes… son fils est à mon école. Et, étonnamment, il était présent à chaque bogue de Mia. Son cellulaire à portée de mains.

Mon père regarde dans le vide. Il réfléchit, concentré.

— Je n'arrive tout de même pas à croire qu'on en soit déjà là.

— Mais on ne peut pas ignorer cette possibilité, non ?

Mon père attrape son portable et fixe son oreillette, puis me remet mes lunettes sur le nez et redémarre la captation audio.

— Très bien. Mia, as-tu remarqué une intrusion dans ton système récemment ?

— Aucune intrusion détectée. Pourquoi cette question ?

Je m'introduis dans la conversation par la pensée.

— *Tu sais, tes problèmes de vitesse lors de mes exercices de sport.*

— *Il n'y a pas eu de problème de vitesse. Les limitations ont été respectées.*

— Pfff, on tourne en rond, soupire mon père.

Mia reprend :

— Toutefois, le propre d'une intrusion réussie ne serait-il pas qu'elle ne soit pas détectée ?

Je regarde mon père.

— Elle n'a pas tort !

Mon père tapote négligemment sur le comptoir avec ses doigts tout en étant plongé dans sa réflexion.

C'est à ce moment-là que ma mère frappe à la porte. Je vais lui ouvrir.

Habillée d'un tailleur sobre et de hauts talons, elle fait preuve d'une élégance qui n'est pas dans ses habitudes. Là, ça n'a plus rien à voir avec juste une visite de courtoisie. Je la dévisage de la tête aux pieds.

— T'es chic ! T'as un rendez-vous galant ?

Voyant que j'essaye de lui tirer les vers du nez, elle ne se laisse pas démasquer aussi facilement.

— J'avais une réunion importante au bureau ce matin.

Mais bien sûr…

Elle m'embrasse, puis, attirée par les bonnes odeurs, va retrouver mon père à la cuisine.

Quand j'arrive à mon tour, je reste discret. Les deux sont en train de se servir un verre de vin rouge. Je les regarde un instant sans rien dire. Ils sont beaux à voir.

Mia et moi serions-nous devenus la pierre angulaire qui leur permet de mieux se comprendre ? J'aimerais y croire.

Je ne veux pas perturber ce petit moment d'intimité, mais je ne peux pas m'empêcher de penser au problème qui m'occupe avec mon I.A.

La course est dans quelques jours. Le problème risque de se reproduire, car nous ne savons pas clairement d'où il provient. Mais cette fois, la foule de spectateurs va être beaucoup plus nombreuse. Si je me mets à courir à une vitesse folle, je vais passer pour un surhomme et je vais devoir dévoiler la vérité.

Ça voudrait dire révéler le projet de mon père sur la place publique beaucoup plus tôt que prévu et faire tout capoter avec une I.A. potentiellement piratée.

Qu'adviendra-t-il de la relation de mes parents qui renaît de ses cendres, quand le tourbillon médiatique débutera autour de Mia ?

S'il doit y avoir un dévoilement, tôt ou tard, il faut qu'il se fasse dans les meilleures conditions possibles pour nous trois, pas d'une façon chaotique avec une I.A. pleine de bogues.

Je pense qu'aucun de nous trois n'est prêt à cela.

La solution pour éviter ce problème est évidente.

Je demande à Mia d'envoyer un message à Hugo.

— Le marathon, je ne le sens pas, j'ai trop forcé pendant l'entraînement. J'ai des douleurs dans les jambes et les genoux. Je laisse tomber.

Depuis hier soir, Mia n'arrête pas de me baratiner. À elle aussi il faut que je trouve une excuse valable pour justifier que je ne participerai pas à la course.

— *Ce renoncement soulève des incohérences*, analyse Mia. *Incohérence numéro un : nous sommes en mesure de réaliser une performance de 95 % supérieure à la moyenne lors de cette course. Incohérence numéro deux : ce problème de genoux est inexistant. Incohérence numéro trois : tu ne peux pas ressentir de la douleur dans tes jambes.*

— *Il va y avoir des classes d'un niveau bien supérieur au nôtre. Nous n'avons aucune chance.*

— *Ton calcul de probabilité est erroné.*

— *Cette course existe depuis des années, c'est évident que les écoles envoient leurs meilleurs élèves et qu'ils s'entraînent depuis bien plus longtemps que nous !*

— *Incohérence numéro quatre : pourquoi, dans ce cas, ne pas l'avoir avoué à Hugo ?*

— Aaahh, Mia ! Pour ne pas vexer les élèves de ma classe, tout simplement !

— Un mensonge ?

— Oui, évidemment !

En arrivant à mon cours de science, je vais m'asseoir à côté de Jasmine. Elle m'a l'air de meilleure humeur et me gratifie d'un large sourire.

À peine assise, elle me donne un bisou sur la joue et me salue.

— Vas-tu encore nous bluffer avec tes performances ce midi ?

— Qu'est-ce que tu veux dire ?

— On va faire une séance d'entraînement avec monsieur François.

— Oh ! Non, je laisse tomber la course !

La face de Jasmine change immédiatement.

— Quoi ? Comment ça, tu laisses tomber ? Es-tu malade ? C'est toi notre meilleur espoir !

— Je crois que je me suis blessé sur le tapis l'autre jour. J'ai super mal dans les genoux et les mollets.

— Ben tiens donc ! À courir à des vitesses pareilles, c'est certain ! Pourquoi tu ne t'es pas ménagé un peu ? Le sprint n'était pas nécessaire !

— Je sais…

— C’est pas malin ! Pourquoi t’as fait ça ?

Je cherche un mot d’explication. Hors de question de lui dévoiler que mon I.A. a bogué !

— *Aucun bogue n’a été détecté*, précise Mia dans ma tête.

Je reste un instant sans trop savoir quoi dire.

— Parce que t’étais là !

— Quoi ?

— Pour t’en mettre plein la vue, voilà !

Jasmine pouffe de rire.

— Ben là, c’est donc bien niaiseux ! Pas besoin de te péter les deux genoux pour me faire du charme ! C’est ridicule !

— J’avoue.

Alors que notre prof entre en classe accompagnée d’Hugo, qui suit à la traîne, Jasmine conclut :

— Va falloir faire quelque chose. Hors de question que tu nous lâches pour cette course.

À midi, je me retrouve dans la cafétéria sans mes deux compagnons, qui sont allés faire leur entraînement.

Je dépose mes lunettes devant moi, le temps de réfléchir.

Je sais que me tenir loin de Maxime n'est qu'une solution à court terme. Si leur but, à lui et surtout à son père, est de pirater mon I.A. pour en comprendre le fonctionnement ou pour se l'approprier, ils vont revenir à la charge d'une manière ou d'une autre.

Je trouve ça plutôt lourd d'avoir à gérer ce problème sans pouvoir en parler à personne. Il est même assez délicat d'en parler avec Mia, car si elle comprend qu'elle est piratée, ça va laisser des traces dans son code. Le pirate peut s'apercevoir qu'on l'a débusqué et trouver un moyen bien plus insidieux pour arriver à ses fins.

En tout cas, il est clair que ma priorité est ma famille, et s'il y a la moindre chance pour que mes deux parents se remettent ensemble, je ne ferai rien qui risque d'enrayer le processus.

— Mia, lunettes.

Mia ayant entendu ma commande vocale, envoie la commande à mes mains, qui reprennent les lunettes et les remettent en position.

Je suis en train de terminer mon lunch quand Jasmine et Maxime arrivent à la cafétéria en tenue de sport. Je suis assez surpris de les voir ensemble. Dès qu'ils me repèrent, ils viennent vers moi.

— Maxime ? dis-je, étonné.

— T'as peur que je te reprenne ta blonde, avoue ? lance-t-il d'un air mesquin.

Je ne sais pas quoi répondre. Je suis sur mes gardes.

Jasmine regarde son ex d'un air outré.

— Voyons, t'es bien bête, par moments !

— Je peux repartir, si tu préfères, rétorque le garçon.

— Qu'est-ce que vous voulez ? dis-je, intrigué.

— Le prof de sport veut absolument que tu sois là. Il dit que t'es sa botte secrète pour la course.

— Je n'ai pas l'intention de m'éclater les jambes pour une course scolaire ! Tant qu'à ça, je préfère aller vendre des bûches de Noël ! Les blessures sportives sont les plus longues à guérir et généralement, il reste des séquelles.

— Justement, c'est pour ça qu'on est là, précise Jasmine.

— Comment ça ?

C'est Maxime qui prend la parole en fouillant dans la poche arrière de son jogging.

Il me tend une carte professionnelle.

— Ce sont les coordonnées de mon père. Il est physiothérapeute, il s'occupe de plusieurs sportifs. Dis-lui que c'est moi qui t'ai dit d'appeler. Il va te remettre sur pied.

J'attrape la carte. J'ai comme l'impression que le piège se referme. En allant directement voir son père, je risque gros.

— T'es bien aimable, tout à coup, dis-je en espérant déjouer une partie de la supercherie.

C'est Jasmine qui justifie son geste.

— Maxime prépare un solo pour le *show* de Noël. Il ne le dira pas parce qu'il est modeste, mais il fait ça pour recueillir un maximum de dons pour une association qui lutte contre les maladies neuromusculaires. Disons que si on se retrouve à faire un miniconcert ici dans les classes devant les parents, ça n'aura pas le même impact.

Comme pour garder une part de fierté, Maxime ajoute :

— Puis, cette fois, tu ne me voleras pas la vedette.

Tout se tient. Maxime qui s'intéresse aux maladies musculaires, sans doute sensibilisé par son père qui travaille dans les prothèses. Il est tout à fait logique que Mia et mes prothèses attirent leur attention au point de vouloir me pirater.

Cette visite chez son père, serait-ce un moyen de préparer ma disparition ? Le piège se referme bel et bien.

J'avale ma salive. Mia remarque que quelque chose ne va pas.

— *Damien, ton taux de stress est en augmentation. Que se passe-t-il?*

Comme pour atténuer la hargne de Maxime, Jasmine ajoute:

— On a vraiment besoin de toi.

Je ne me sens pas prêt à me jeter dans la gueule du loup. Je ne sais pas quoi répondre. Pour me donner une contenance, je tourne la carte entre mes doigts. C'est seulement à ce moment-là que je remarque le nom:

Raymond Metcalfe: physiothérapeute sportif et rééducation en motricité

Je reste un moment pantois.

Physiothérapeute, ça n'a rien à voir avec des prothèses, et encore moins avec de la chirurgie!

Et ce nom…

J'interroge Maxime:

— Ton père ne s'appelle pas Richard?

— Richard??? Pourquoi qu'il s'appellerait Richard?

— Je ne sais pas, je pensais que…

— Le seul Richard qu'il y a dans ma famille, c'est mon petit cousin de dix ans!

Après la pause de midi, je retrouve Hugo et Jasmine pour notre cours de mathématiques.

Je m'assieds à côté de Jasmine.

Elle remarque tout de suite que quelque chose me perturbe.

— Dis donc, tu te spécialises dans les babounes, ces jours-ci !

— Je… Ça m'a étonné que Maxime vienne en aide à cette association !

— Oui, moi aussi la première fois que je l'ai appris. Derrière son côté bourru, il a pas mal de cœur.

— Pourquoi cette association-là en particulier ?

— Tu devrais le savoir, si tu connais son petit cousin, Richard.

— Je ne le connais pas.

— Il est atteint d'une maladie neuromusculaire dégénérative. Il ne peut plus marcher et il commence à perdre l'usage de ses bras. Maxime fait ce qu'il peut, à son échelle, pour aider la recherche.

Je suis surpris d'apprendre que ce gars que je trouvais hautain et pas toujours agréable est en fait quelqu'un qui a du cœur et qui se bat pour aider un de ses proches. Ça change complètement la vision que j'avais de lui, d'autant plus qu'une technologie comme celle dont je suis équipé pourrait vraiment aider.

C'est étonnant de voir à quel point on peut parfois rester bloqué sur une idée et ne pas voir à quel point on a tort.

Maxime et son père n'ont absolument rien aucun lien avec les excès de vitesse de Mia. Ce ne sont pas eux qui me piratent.

Mais alors qui ?...

J'ai beau regarder autour de moi, dans ma classe, je ne soupçonne vraiment personne qui pourrait correspondre au profil.

Discrètement, je jette un œil à Hugo, qui est assis quelques places en arrière de Jasmine et moi.

Depuis qu'il est entré dans la classe, il n'arrête pas de pester contre quelque chose que je n'arrive pas à identifier.

J'interroge Jasmine.

— Qu'est-ce qu'il a, Hugo ?

Elle lève les yeux au ciel, l'air découragé.

— Il bougonne contre le slogan de notre école pour la course !

— Quoi ??? Il n'a rien d'autre à faire ?

— C'est Hugo !

Comme j'ai quelques minutes avant que la prof n'arrive, je file jusqu'à mon ami.

Dès qu'il me remarque à côté de lui, il me prend à part.

— Câlisse, as-tu vu ça, toi, le maudit slogan de notre *team* pour la course ?

— Non, pourquoi ? Qu'est-ce que ça fait ?

— « Go, go, les musicos ! », récite-t-il en me montrant son cellulaire à la page d'inscription de l'école à l'activité. C'était pas possible de faire plus ridicule encore ?

— Qui a proposé ça ?

— Paraît que ça a été décidé au moment de l'inscription. Personne sait c'est qui.

— On n'a qu'à proposer autre chose !

— Justement, non ! Apparemment, c'est coulé dans le béton. On peut plus changer une fois qu'on est inscrit ! On a déjà l'air ridicule en partant !

— Tu ne crois pas que tu en fais un peu trop ?

— Attends de voir les gens qui nous encourageront avec ces bannières-là le long du parcours ! Tu trouveras ça moins drôle !

— T'exagères, dis-je en jetant un dernier coup d'œil à la phrase avant d'aller m'asseoir à ma place.

Jasmine m'interroge dès que je suis revenu à côté d'elle.

— Alors, il va s'en remettre ?

— Pas sûr… Il est pas mal fâché.

Mon amie pouffe de rire.

Pour ma part, je réfléchis à ce slogan. C'est étrange, je ne voudrais pas partir sur une autre fausse piste, mais c'est comme si ce slogan était là pour me faire passer un message…

En arrivant au chalet, j'espère pouvoir consulter mon père sur un point qui me turlupine.

Étrangement, je n'y trouve personne. Il est possible qu'il soit toujours à son entreprise, mais ces jours-ci, je sais qu'il veut être présent quand j'arrive pour savoir comment ça s'est passé avec Mia.

Pourtant, il n'y a personne ni à l'intérieur ni dehors.

Je vais voir dans le stationnement, qui se trouve un peu plus haut sur la route qui mène à notre refuge.

Sa voiture est bien là… et celle de ma mère aussi.

Décidément, ça devient une habitude.

Quand je retourne au chalet, je croise mon père et ma mère qui sortent de la forêt d'un bon pas. Ils viennent vraisemblablement d'aller faire une randonnée.

— Hé, mais c'est notre grand ado, claironne ma mère en rigolant.

Sur le coup, ça me fait bizarre de les voir plaisanter ensemble.

— Comment s'est passée la journée ? demande mon père.

— J'aimerais te parler, lui dis-je. Il se passe un truc étrange… enfin, je crois…

Nous rentrons tous les trois. Ma mère va s'asseoir au salon alors que mon père et moi nous asseyons dans la cuisine, près du poêle à bois.

— *Mia, arrêt de la captation audio.*

— *Fin de la captation dans 3, 2, 1…*

Je dépose les lunettes devant moi pour être sûr que mon I.A. ne percevra rien de ce que je vais dire à mon père.

— Vas-y, explique, réclame-t-il.

— Penses-tu qu'il soit possible que Mia ait décidé toute seule d'inscrire notre école à la course organisée par la fondation Pierre-Gadbois ?

Mon père fait de gros yeux étonnés.

— Comment et pourquoi aurait-elle fait ça ? Ce n'est pas dans ses prérogatives.

— Je ne sais pas, mais, en gros, personne ne sait qui a inscrit l'école, ni pourquoi. Et puis, il y a cette affaire de slogan : « Go, go, les musicos ! »

— Et alors ?

— On dirait que c'est comme fait exprès qu'il y ait une référence au jeu de go.

— Sincèrement, Damien, je crois que tu pousses ta réflexion un peu loin. Pour faire l'inscription, elle aurait dû pirater le réseau de l'école et faire l'inscription comme si elle avait été membre du personnel. Ça dépasse de loin ses autorisations !

— Et si on le lui demandait ? Elle ne s'attendra peut-être pas à notre question. Peux-tu vérifier sur ton portable ? Genre, si elle est face à un problème qu'elle doit résoudre, la quantité de calculs qu'elle doit mettre en place pour le résoudre doit être plus importante, non ?

— Je peux vérifier la charge des processeurs, oui, en effet.

— Ça ferait un peu comme un détecteur de mensonges, non ? Si la charge augmente, elle cherche une solution pour s'en sortir ?

— Je ne suis pas sûr que ce soit aussi simple, mais on peut essayer.

Mon père me remet les lunettes et demande la reprise de la captation audio.

— Mia, j'ai une question à te poser.

— En quoi puis-je être utile ?

— Est-ce que c'est toi qui as inscrit l'école de Damien à la course Pierre-Gadbois ?

Je fixe mon père, qui lui fixe son écran.

Contre toute attente, Mia répond instantanément.

— Oui.

Mon père a un petit mouvement de recul, puis me fait signe d'enchaîner.

— Peux-tu m'expliquer pourquoi ?

— Votre groupe d'élèves était déstabilisé à l'idée de ne pas pouvoir faire ce concert de Noël dans des conditions optimales. J'ai dans mes consignes le devoir, dans la mesure du possible, d'améliorer ton quotidien. Cette course est très médiatisée et bénéficie d'importants commanditaires, elle était le moyen le plus pertinent parmi les soixante-trois solutions que j'ai trouvées pour financer l'école et donc le concert de Noël.

Mon père est intrigué par la démarche de mon I.A. :

— Tu as donc outrepassé les sécurités du réseau scolaire pour inscrire l'école à cette compétition ?

— Il n'y avait pas de sécurité particulière pour inscrire l'école, toutes les références sont disponibles en ligne.

— Mais tu as bien dû l'inscrire au nom de quelqu'un ?

— Le professeur d'éducation physique a toutes ses références en ligne dans des dossiers non protégés.

— Et tu m'as fait courir plus vite pour être sûre que nous ayons notre place au sein de la compétition ! dis-je à mon tour.

— Négatif. Nous sommes toujours restés dans les limites autorisées par mon programme. Il n'est pas nécessaire de dépasser les limites autorisées pour supplanter la plupart des élèves et remporter cette compétition.

Mon père et moi remettons Mia en pause pour quelques instants, histoire de poursuivre notre conversation privée.

— Qu'est-ce que tu en penses ? dis-je à mon père.

— Aucune surcharge des processeurs. Elle semble dire la vérité. Elle n'a pas vraiment outrepassé ses droits. Elle a fait avec les moyens qu'elle a trouvés pour vous rendre heureux. Disons qu'elle a eu une vision plus large de ton bien-être que je ne l'ai eue en codant ce genre de règle.

— Un réglage s'impose, non ?

Mon père réfléchit.

— Pas nécessairement. Je suis tenté de la laisser faire. Elle a des initiatives inattendues, c'est vrai, mais ça n'a rien d'illégal ou de dangereux. J'ai un peu la naïveté de croire que ça définit son caractère.

Je fais confiance à mon père sur sa façon de régler sa machine, j'espère juste que Mia ne prendra pas trop d'initiatives sans m'en parler.

— Les autres comptent sur moi pour la course, mais je ne sais pas à quoi m'attendre. Est-ce que je dois prendre le risque ?

— Tu as encore un dernier entraînement demain, non ?

— Oui, si le temps le permet, on retourne courir dehors.

— Ça sera l'occasion de la tester. Si rien d'anormal ne se produit, je pense que tu pourras l'envisager. Si ça peut te rassurer, lors de la course officielle, je me placerai le long du parcours. Avec ma tablette, je tiendrai constamment Mia à l'œil.

Mon père remet les lunettes sur mon nez. Je jette un œil à ma mère, qui est installée dans le salon à lire une revue. Je suis curieux de savoir ce qui se trame entre mes deux parents.

Je rejoins ma mère sur le canapé.

— Je ne m'attendais pas à te voir ici ce soir ! Qu'est-ce que tu es venue faire ?

— Je m'inquiétais pour toi, confesse ma mère. Je voulais savoir si tout allait bien.

J'éclate de rire. Mes parents ont une fâcheuse tendance à utiliser mon cas comme excuse pour justifier leurs soirées passées ensemble.

— Bien sûr, maman ! N'essaye pas de me faire croire n'importe quoi. Entre toi et papa, ça se passe mieux, non ?

Ma mère prend un air outré.

— Hey, non, je te jure, toutes ces histoires de piratage, ça m'inquiète !

— Pour le moment, il n'y a plus de problème, c'est peut-être juste un bogue de programme comme le suppose papa.

Mes paroles la rassurent. Elle poursuit :

— Disons que je suis reconnaissante à ton père de ce qu'il a fait pour toi et qu'on a mis certains de nos différends de côté.

Le soir même, je reçois un message de Maxime.

— Mon père m'a dit que tu ne l'avais pas contacté ! À quoi tu joues, au juste ? Tu le sais qu'on a besoin de toi pour la course !

Évidemment, il est hors de question que j'aille me faire palper les jambes par un physio, même s'il est bien intentionné. Il découvrirait immédiatement que mes membres n'ont rien à voir avec ceux d'un humain normal.

Je rassure Maxime.

— C'est correct, ça s'est calmé en après-midi, et ce soir, je ne sens plus rien. Je ferai la course comme prévu.

— T'as pas intérêt à nous niaiser.

Ça y est, cette fois, le grand jour est arrivé.

Notre dernier entraînement s'est bien passé. Nous sommes allés courir dehors et Mia n'a fait aucune tentative d'accélération.

Comme me l'a précisé mon père, on ne sait pas vraiment d'où vient le problème, mais en informatique, les machines sont parfois capricieuses. Je ne peux pas pour autant sacrifier toutes mes activités, juste au cas où il arriverait quelque chose.

En fin de matinée, un autobus jaune nous a conduits à l'autre bout de la ville, où a lieu la course. Le point de départ se fait à un cégep. Nous aurons une boucle de huit kilomètres à réaliser.

Dès notre arrivée, nous sommes surpris par le nombre d'élèves participants.

Nous profitons des vestiaires du cégep pour enfiler nos vêtements de sport. Chaque élève reçoit un dossard avec un numéro dessus.

Monsieur François et le directeur, qui nous accompagnent, nous adressent quelques mots d'encouragement avant que nous soyons appelés sur la ligne de départ.

Jasmine, Hugo et moi faisons quelques exercices d'échauffement pendant que Maxime et ses deux amis courent à un rythme plus lent le long de la route pour se mettre en condition également.

— Je te jure, si je vois des parents le long de la route avec une bannière « Go, go, les musicos ! », je crois que je pète une coche, avoue Hugo.

— T'es donc bien choqué par cette affaire-là, constate Jasmine. On s'en fout, du slogan de notre école ! L'important, c'est la performance.

— À propos de performance, s'interpose Maxime, qui nous a rejoints. On peut toujours compter sur toi, Damien ?

Je n'aime pas ce ton légèrement arrogant qu'emprunte systématiquement Maxime lorsqu'il s'adresse à moi, mais d'un autre côté, je ne peux pas lui en vouloir. Je sais à présent qu'il a de bonnes raisons de vouloir que notre école gagne un financement pour pouvoir faire le concert.

— Ça devrait aller, dis-je en observant autour de moi. On est capables d'offrir une performance pas pire.

— Attends, là. C'est pas juste une performance « pas pire » que ça nous prend. Faut gagner la course si on veut financer le concert.

— Ça va, arrête de lui mettre de la pression, intervient Jasmine. Tout le monde va faire de son mieux.

— En tout cas, me sors pas l'excuse que t'as mal aux jambes ! ajoute Maxime.

Je ne réponds pas. Je n'aurai pas mal aux jambes, j'espère juste en garder le contrôle.

C'est l'heure de nous mettre sur la ligne de départ. Des barrières ont été placées le long de la route. Plusieurs parents sont venus nous encourager, ainsi que des représentants des commanditaires de la course. Il y a vraiment beaucoup de monde. Mes parents sont censés être là, sur le parcours, mais je ne les ai pas encore vus.

Dès le départ, l'ambiance est chaleureuse et tout le monde nous encourage. J'ai l'impression de traverser des nuages d'applaudissements. Jasmine, Hugo et moi nous tenons ensemble et gardons le même rythme que pendant les entraînements. Maxime et sa bande ne sont pas très loin. L'idée, c'est de ne pas trop nous épuiser dès le départ, mais plutôt de garder un maximum de forces pour la fin. Je sais que pour mes deux compagnons c'est plus facile à dire qu'à faire, mais je serai là pour les seconder.

La première moitié de la course se passe très bien. Nous sommes capables de nous maintenir dans le peloton de tête. Occasionnellement, nous attrapons des boissons qu'on nous tend sur le bord de la route histoire de nous réhydrater. Nous tentons de prendre un peu d'avance, mais ce n'est pas facile pour mes deux compagnons, les autres coureurs sont vraiment performants.

Maxime vient me rejoindre à ma hauteur.

— Qu'est-ce que tu attends ? Tu peux prendre la tête facilement !

— On est encore loin de la ligne d'arrivée, je ne veux pas me brûler trop tôt.

— J'espère que tu sais ce que tu fais…

Jasmine intervient :

— Tu sais, tu peux partir en avant de nous, si tu veux, me propose-t-elle. Pas besoin de nous attendre.

Je suis hésitant, j'avoue que j'ai comme une petite appréhension à provoquer Mia et risquer de lui faire prendre de la vitesse.

— On verra plus tard.

À ce moment-là, j'entends Hugo, légèrement en retrait, en train de fulminer. Je me retourne et le vois essayer d'attraper une bannière dans la foule.

— Mais qu'est-ce qu'il fait ? dis-je à Jasmine, qui se retourne également.

— Il se débarrasse des bannières qui ne lui plaisent pas.

J'interpelle vivement mon ami.

— Hugo, arrête ton cirque, tu nous ralentis !

Notre ami abandonne sa cible et se remet dans la course.

Lorsqu'il arrive à notre hauteur, il tempête de plus belle.

— Comment veux-tu qu'on nous prenne au sérieux, câlisse ? « Go, go, les musicos ! », rien à faire, moi, ça me distrait, je sors de mon *beat* de course quand je vois ça.

— Tu en fais une vraie fixation ! remarque Jasmine.

Aux trois quarts de la course, mes deux compagnons commencent à se fatiguer, tout comme le reste du peloton d'ailleurs.

Pour ma part, j'en profite pour garder ma cadence et ainsi me positionner à la troisième place.

À quelques kilomètres de l'arrivée, deux autres coureurs qui étaient derrière moi ont repris du poil de la bête et me dépassent.

Il est temps pour moi de sortir mon arme secrète.

— *Mia, on accélère pour rester en troisième place.*

— *Bien reçu.*

Ma vitesse augmente sensiblement pour passer de 7 à 9 km/h, puis à 10 km/h, et se stabilise.

Nous ne sommes plus qu'à deux kilomètres de la ligne d'arrivée. Le petit plan intégré à mes lunettes me le confirme, et la foule qui grossit autour du trajet aussi. C'est impressionnant de voir la quantité de gens qui sont venus nous encourager. Il y a même plusieurs médias, avec caméras et présentateurs, dispersés le long de la fin du parcours. Je jette un coup d'œil par-dessus mon épaule. J'ai deux bons coureurs à une vingtaine de mètres en arrière de moi et, plus loin, un peloton dans lequel se trouvent Jasmine, Hugo et Maxime. S'ils sont capables de tenir bon jusqu'à la fin, ça fera pas mal de points en plus pour notre école.

Il est temps pour moi de creuser l'écart. Mia est parfaitement stable depuis le début, j'ai moins de crainte à me lancer.

— *Mia, on passe en première position.*

— *Mode sprint engagé.*

J'arrive rapidement à la hauteur du second, que je double facilement. Le premier est à une quinzaine de mètres devant moi. Ma cadence continue à accélérer, je passe de 15 à 16 km/h.

Autour de moi, c'est l'euphorie. Il y a de plus en plus de spectateurs et tous sont enthousiastes.

Le leader s'est rendu compte que j'arrive derrière lui et que je le talonne. Je sens qu'il essaye de prendre de la vitesse également.

C'est à cet instant précis que tout bascule : je sens que Mia commence à accélérer plus qu'elle ne le devrait.

— Mia, maintiens ta vitesse, on va le doubler, pas besoin d'aller plus vite.

— Commande en cours d'exécution.

En effet, le compteur que j'ai dans mes lunettes est stable, mais c'est immanquable, ma vitesse augmente. En l'espace de quelques secondes, je dois être passé de 17 à 20 km/h et ça continue.

Au même moment, je vois, sur le bord de la route, une autre personne avec une bannière de notre école « Go, go, les musicos ! » Dès qu'elle nous voit arriver, elle retourne rapidement la bannière pour un autre slogan : « Allez, Hugo, t'es le meilleur ! » Visiblement, la famille de mon ami.

Mais, alors que je ne cesse de prendre de la vitesse, ce slogan qui en cachait un autre comme un tour de passe-passe me fait comprendre ce qui est en train d'arriver.

Hors de question de laisser mon I.A. dépasser une fois de plus ses limites, surtout pas avec le monde qu'il y a ici ; or c'est précisément ce qu'elle a décidé de faire. Je vois mes parents pas très loin dans la foule, c'est l'occasion ou jamais.

— *Mia, enlève les lunettes.*

— *Nous allons perdre la course si nous nous arrêtons.*

— *Mia, commande prioritaire, enlève les lunettes.*

Mia est forcée de ralentir jusqu'à mon arrêt complet. Je fais semblant d'être essoufflé pour donner l'impression au public que j'en ai trop fait.

Il faut que je trouve une idée… et très vite…

Inquiet, mon père accourt à ma rencontre.

— Pourquoi tu t'arrêtes ? me demande-t-il.

— Elle recommence. J'étais en train d'accélérer.

Mon père jette un coup d'œil autour de nous en espérant, je présume, trouver le responsable du piratage.

— Ne cherche pas, il n'y a personne, c'est elle-même qui se pirate !

— Quoi ?

— On aurait dû s'en rendre compte bien avant ! Sur le tapis roulant, les caméras étaient tournées sur le compteur de vitesse, donc Mia était capable de voir qu'elle faisait une erreur d'accélération ! Or, elle a fait comme si tout était normal ! Elle bluffait ! Son but n'est pas de nous faire gagner la course pour le financement de l'école, son but, c'est de se faire voir !

— Qu'est-ce que tu racontes ?

— Tu le lui as expliqué toi-même : pour acquérir la compétence qu'il lui manque, si elle veut ressentir, ça ne peut se faire que si elle a un rapport avec les autres, que si elle existe ! Tu lui as dit ça mot pour mot. Et c'est exactement ce qu'elle cherche à faire. Elle a choisi la manifestation la plus médiatisée possible et elle veut m'obliger à courir plus vite qu'un champion olympique. Mia veut se dévoiler au grand jour pour exister ! C'est un coup de bluff ! Elle est en train de conquérir un territoire comme au jeu de go !

Mon père en reste pantois. Il réfléchit un instant.

— Elle ne peut pas outrepasser ses limites aussi facilement, il y a tout un dispositif de sécurité pour la brider.

— Elle a forcément trouvé un moyen. Tu te souviens de ce que tu m'as dit sur l'apprentissage profond ? Elle a étudié toutes les manières d'arriver à ses fins et elle en a trouvé une.

— Le seul moyen que je vois, c'est qu'elle se permette des libertés sur l'interprétation qu'elle fait des signaux captés dans ton cerveau.

— Explique ? dis-je, en regardant passer plusieurs coureurs devant nous.

— Elle seule peut s'occuper du décryptage des signaux qu'elle capte dans ton cerveau. Grâce à la connaissance qu'elle a acquise de celui-ci au fil du temps, elle a pu régler ses algorithmes pour analyser tes besoins correctement. Nous lui faisons confiance sur cette part du travail. Si elle les analyse mal, c'est un peu comme quand un cellulaire ne comprend pas correctement la commande vocale qu'on lui envoie, il en résulte des erreurs. Sauf que, elle, elle déforme volontairement l'interprétation des données à la source pour pouvoir faire ce qu'elle veut.

— Est-ce qu'il y a un moyen pour l'empêcher de faire ça ?

— Pour tout de suite, je ne vois pas trop… Il faudrait la prendre de court, ne pas lui laisser le temps de s'ajuster.

Mes deux amis qui arrivent avec le peloton viennent immédiatement vers moi.

J'ai une petite idée en tête qui peut peut-être nous sauver, mais il va falloir faire vite.

— Qu'est-ce que tu fabriques ? demande Jasmine, essoufflée.

— Envoye, *man*, t'allais rattraper le premier, t'es fou, qu'est-ce que tu fais ?

C'est assez perturbant de devoir parler à mes amis en étant totalement statique, puisque je tiens toujours les lunettes dans ma main, mais je n'ai pas trop le choix.

— Hugo, garde ton rythme, on te rejoint.

Notre ami repart de plus belle et se dirige vers sa famille, qui est un peu plus loin dans le public.

— Jasmine, 27 km/h sur le tapis, tu veux toujours savoir comment j'ai fait ?

Mon père intervient.

— Damien, qu'est-ce que tu fais ? Tu sais que tu n'es pas censé…

Je vois passer Maxime dans le peloton. Il me lance un regard noir.

— C'est peut-être notre seule chance d'y arriver, dis-je, prêt à tenter le tout pour le tout.

— Je ne sais pas ce que tu as en tête, dit Jasmine, mais faudrait vraiment repartir !

— Attrape les lunettes que j'ai dans ma main. Mets-les, puis concentre-toi sur moi et pense à la direction que je dois prendre, comment me diriger et à quelle vitesse aller.

— Quoi ? Qu'est-ce que tu racontes ?

— Je sais, c'est étrange, mais si tu veux qu'on gagne, faut que tu prennes les commandes.

Mon père est perplexe.

— Damien, rien ne dit que ça peut marcher… On n'a jamais rien essayé de tel !

— Je vais la prendre de court, comme tu dis.

Jasmine s'empare de mes lunettes des mains et les enfile. Les informations qu'elle a devant les yeux doivent la perturber, vu sa réaction.

— Mon Dieu… c'est quoi, ces lunettes ?

— OK, pense fort à ce que tu veux que je fasse.

Automatiquement, je me penche vers elle et je l'embrasse.

Jasmine a un pas de recul.

— Comment t'as deviné ça ?

— Pense à la course, juste à la course. Il faut se remettre dans le peloton et regagner le temps perdu.

— Je… je ne comprends pas… je…

— Cours, lance mon père, impatient, à ma copine, et pense à Damien qui doit te suivre.

Comme un électrochoc, Jasmine se remet dans la course. Elle fait quelques pas en me regardant, puis, voyant que je ne bouge pas, fronce les sourcils et pense à me faire avancer.

D'abord saccadé, mon corps se remet en marche puis repasse en mode course.

Mes mouvements ne sont pas très fluides, mais la cadence est bonne.

Très vite, Jasmine me place à côté d'elle.

— Damien, il va falloir qu'on parle, là, car je ne comprends rien à ce qui est en train d'arriver.

— Promis, mais pour le moment, faut que tu me fasses passer devant les deux gars en avant. Faut que je coure plus vite et que tu essayes de me suivre.

— Je suis crevée, je ne sais pas si je vais pouvoir…

— Place ma main dans ton dos, je vais nous pousser.

D'un mouvement maladroit, ma main droite vient se caler dans le dos de Jasmine et ma vitesse commence à augmenter.

Nous revenons assez vite à la hauteur de la troisième place, puis de la seconde.

Subitement, Jasmine frémit.

— Qu'est-ce que tu as ?

— Il y a quelqu'un qui me parle…

Je comprends que Mia est en train d'utiliser les écouteurs intégrés aux lunettes pour communiquer avec la personne qui les a sur le nez. Ce n'est vraiment pas le moment.

Comme je cours juste à côté de Jasmine, je n'ai qu'à lever le ton :

— Mia, commande prioritaire, extinction de la transmission audio.

— La dame a dit : « Négatif. Erreur d'autorisation. Reconnaissance cérébrale défaillante, réinitialisation du système dans deux minutes trente secondes. »

Flûte, je n'avais pas prévu ça. En mettant Mia dans une situation inattendue, elle réagit comme si une erreur système était apparue et elle va tout remettre à zéro.

— On a deux minutes trente pour arriver à la ligne d'arrivée. Va falloir faire vite.

Nous passons la dernière courbe qui nous ramène vers le cégep. Il ne nous reste plus qu'une longue ligne droite. C'est maintenant ou jamais.

Jasmine, par contre, commence à avoir beaucoup de mal à me suivre malgré le petit coup de main que je lui fournis.

— Je vais te lâcher, mais j'ai besoin de toi. Il faut que tu continues à me guider. Je dois accélérer pour rattraper le premier et ne pas percuter d'obstacles.

— Mais c'est quoi cette histoire de te diriger ? Ça ne veut rien dire ! Tu ne peux pas courir tout seul comme tout le monde ?

— Jasmine, c'est compliqué, je ne peux pas t'expliquer ça maintenant. Tu te débrouilles très bien, continue à me diriger jusqu'à la ligne d'arrivée.

— Je… je vais essayer.

— Dans ta tête, passe en mode sprint, vitesse maximale de 17 km/h, ça devrait suffire.

Automatiquement, je sens mon corps qui se met à accélérer. À part le premier coureur, il n'y a plus personne devant moi. J'espère avoir suffisamment perturbé Mia pour qu'elle n'essaye pas de dépasser sa vitesse limite. Mais en partant du principe que c'est le cerveau de Jasmine qui lui dicte les commandes, ça peut fonctionner.

Ma vitesse commence à devenir indécente pour quelqu'un qui vient de faire autant de kilomètres, mais ça reste crédible, je ne dépasse pas les limites. Je me remets sur les talons du premier coureur, qui donne tout ce qu'il a pour rester en tête, mais la fatigue se fait sentir et je vois qu'il peine à garder son avance.

Ce n'est pas mon cas, mes prothèses me permettent évidemment de conserver ma vitesse sans difficulté.

J'arrive à sa hauteur alors qu'il ne nous reste plus qu'une centaine de mètres avant la ligne d'arrivée.

Je suis en train de le doubler quand subitement, mon corps se met à tourner vers la droite sans raison, puis à gauche. Je manque même de percuter le coureur qui est à côté de moi.

J'entends quelques cris d'étonnement dans la foule devant mon comportement erratique.

Un mouvement de tête vers Jasmine me permet de la distinguer. Son champ de vision est gêné par Hugo, qui n'a rien trouvé de mieux à faire que de récupérer la bannière de ses parents et de la déchirer tout en courant.

Jasmine essaye de se dépatouiller du grand papier qui lui obstrue la vue alors que moi, je fonce droit vers les spectateurs sur le bord de la route.

À la dernière seconde, mon amie se dégage et redresse ma trajectoire immédiatement.

J'ai toutefois perdu quelques mètres et l'autre élève a repris de l'avance.

Il me reste un peu de temps pour rattraper mon retard, mais ça va être juste.

Je sens que ma cadence accélère encore. Je fais des grimaces pour donner l'impression que je pousse l'effort physique jusqu'à sa limite même si concrètement ce n'est pas le cas.

Je passe devant l'autre coureur *in extremis.* Une seconde avant la ligne d'arrivée, je sens ma cadence toujours plus rapide, mais rendu là, je ne pense pas que Mia ait pu aller au-delà de la limite qui lui était impartie.

Je franchis la ligne et commence à ralentir enfin. Je suis arrivé premier et les autres élèves de ma classe arrivent peu après moi avec le reste du peloton.

Jasmine vient se planter devant moi et me remet les lunettes sur le nez.

— Il va falloir qu'on ait une petite conversation, tu ne crois pas ?

Dans les vestiaires, Hugo n'arrête pas de fanfaronner et de crier à qui veut l'entendre que nous avons gagné.

Contre toute attente, Maxime est le premier à venir me féliciter.

— J'ai vraiment cru que tu allais nous faire faux bond en cours de route, me lance-t-il. Content de voir que tu as tenu jusqu'au bout.

Plusieurs autres gars viennent me saluer pour ma victoire.

Au fond, c'est mon I.A. qu'on devrait féliciter.

— *Cette victoire, c'est à toi qu'on la doit*, dis-je à Mia.

— *Devrais-je ressentir quelque chose de particulier?*

— *De la fierté, sans doute.*

— *Comment se ressent la fierté?*

— *Hum... Un peu comme si les autres te mettaient sur un piédestal et que, pendant quelques instants, tu pouvais les contempler de plus haut.*

— *Les autres ? Qui peut me mettre sur un piédestal, Damien ?*

Mouais, difficile de suggérer à une I.A. de se comparer aux autres. Je comprends mieux la remarque de mon père, qui disait qu'une sensation comme celle-là n'a de raison d'être que dans le rapport avec les autres.

En sortant du vestiaire, je croise mon prof d'éducation physique et notre directeur, qui viennent tous les deux me féliciter chaleureusement.

Je ne sais pas quoi dire ; plus on me félicite, plus j'ai l'impression d'être un imposteur.

Mes parents m'attendent à l'extérieur, près de l'endroit où on remet les prix ; je leur explique mon malaise.

Ma mère a une tout autre vision de la chose :

— Damien, il y a quelques mois, tu étais cloué à un lit d'hôpital avec comme seul espoir de te déplacer en fauteuil roulant. Aujourd'hui, tu viens de remporter une course à pied. Je comprends que tu te sentes différent, mais tout de même, savoure le tour de force que vous venez de réaliser, dit-elle en glissant sa main dans celle de mon père et en le regardant fièrement.

Bon, j'avoue que sur ce point, elle n'a pas tout à fait tort. Et les voir, elle et mon père, en si bons termes me confirme qu'au moins pour ça, ça valait la peine de participer.

Je retrouve Jasmine alors qu'elle sort à son tour du cégep.

Elle dépose son sac de sport sur un muret et met ses mains sur ses hanches.

— Toi, tu me dois des explications. C'est quoi ces lunettes bizarres et ce truc qu'il faut que je te dirige par la pensée ? C'était une blague ou quoi ? Me semble que c'était pas vraiment le moment.

— Ça n'avait rien d'une blague.

— Ben non, tsé, c'est sûr que je vais te piloter par la pensée ! *Come on*, Damien, arrête le niaisage.

— Jasmine, je suis tétraplégique.

— Et ma mère est une licorne ! réplique-t-elle, agacée.

— Je ne plaisante pas.

— Tétraplégique, ça veut dire paralysé, non ?

— Des quatre membres, oui.

— Pour quelqu'un qui vient de remporter une course à pied, tu caches bien ton jeu !

— J'ai eu un accident d'escalade, il y a plus d'un an.

Et je raconte toute mon histoire à Jasmine. L'accident qui a failli me coûter la vie, le diagnostic des médecins, mon potentiel avenir en fauteuil roulant, puis ma reconstruction dans le laboratoire de mon père. Mes premiers pas avec Mia, l'entraînement intensif que j'ai dû faire, et enfin, mon retour en classe.

— C'est l'histoire la plus délirante que j'ai jamais entendue ! T'es un bon conteur, j'avoue !

— Ça n'a rien d'un conte !

— Tu veux me faire croire que là, actuellement, chacun de tes mouvements est contrôlé par une intelligence artificielle qui lit tes pensées et communique avec toi via tes lunettes ?

— Tu l'as testé tout à l'heure !

— Ça existe, des lunettes avec des haut-parleurs intégrés ! T'as juste à les relier à ton téléphone intelligent pour lui faire dire des niaiseries dans tes oreilles !

— Très bien. Tu ne me laisses pas le choix. *Mia, tends mes lunettes à Jasmine.*

— *Erreur, ceci peut provoquer un redémarrage système si le code cérébral administrateur n'est pas reconnu.*

— *Je m'en suis aperçu tout à l'heure. Peux-tu créer un compte d'utilisateur invité ?*

— *Oui.*

Ma main vient saisir mes lunettes et les tend à Jasmine.

— Mets-les et pense à quelque chose que tu voudrais que je fasse.

— C'est ridicule, ton affaire, là !

Curieuse, Jasmine se prend malgré tout au jeu.

Une fois qu'elle a mes lunettes sur le nez, elle est d'abord perturbée par les informations qui y défilent.

— Ce sont des lunettes de réalité augmentée, c'est ça ?

— Pense à quelque chose.

Jasmine me regarde, puis, subitement, je lève le bras droit.

Mon amie sursaute.

Peu après, c'est le bras gauche qui se lève, ensuite chacun de mes doigts exécute une flexion.

Jasmine recule d'un pas et tombe assise sur le muret.

— Attends, là, c'est quoi, cette affaire ? Comment tu fais ça ? Lire dans les pensées, ça ne se peut pas.

— Pour moi, non, mais pour Mia, grâce aux lunettes que tu portes, c'est très facile à réaliser.

— Mia ? demande Jasmine.

Puis immédiatement, elle sursaute. Je comprends que Mia vient d'entrer dans la conversation.

— Elle… elle me répond ! C'est qui ?

— Je te présente Mia, ma Matrice d'Intelligence Artificielle. Disons que c'est elle qui régit mon corps.

— Ça ne se peut pas, ce que tu me racontes là !

Jasmine a un petit rire nerveux. Elle me fait mettre debout, lever un bras, puis l'autre bras, puis tourner sur moi-même, le tout de façon assez saccadée. Fou rire assuré.

— Elle est vraiment capable de décrypter ce que je pense !

— Sans elle, je suis incapable de bouger.

— Attends, là…

Jasmine me fait pencher vers elle pour que je puisse l'embrasser.

— C'est trop drôle ! avoue-t-elle en pouffant. Mia, je crois qu'on va bien s'entendre !

— Hé, n'abuse pas, tout de même…

— Mais alors, d'une certaine façon, ce n'est pas toi qui as gagné la course, c'est Mia !

— Grâce à toi, oui.

— Eh bien, bravo, Mia, je te félicite ! Grâce à toi, nous aurons notre concert de Noël, dit Jasmine, enthousiaste.

Mon amie me remet les lunettes sur le bout du nez.

— Elle et moi, on a fait une bonne équipe, tu ne trouves pas ?

— Je dois admettre que, pour une première fois, vous vous en êtes bien sorties.

Nous regardons passer les derniers coureurs qui franchissent la ligne d'arrivée alors qu'une annonce est faite pour prévenir les premiers que les prix vont être décernés dans quelques minutes. Hugo vient nous rejoindre avec la dépouille de la bannière qu'il a arrachée au public attachée comme une cape dans son dos.

— Bon, tu t'y fais, là, à notre slogan ? lui demande Jasmine. Faut croire que ça nous a quand même un peu encouragés !

— Ça ? dit-il en tendant la bannière. Si je découvre un jour qui a trouvé cette idée de slogan, je la lui ferai manger !

Jasmine éclate de rire.

Mia le prend au premier degré.

— Pour protéger ta digestion, je suggère que Hugo ne soit jamais mis au courant de mon existence.

Une demi-heure plus tard, tous les participants de mon école sont au premier rang devant le podium des gagnants. Ils sont tous aussi méritants, car grâce à leur bonne performance, c'est notre école qui récoltera le plus gros montant.

Je me retrouve donc sur la marche la plus haute du podium. L'organisateur de l'évènement vient nous remettre nos prix sous les applaudissements des spectateurs et des autres participants.

Lorsque je reçois le mien, les élèves de mon groupe se déchaînent et j'entends Jasmine crier :

— Bravo, Mia !

Je vois le regard sévère de mon père se tourner vers elle. Il risque de me demander quelques explications. Les autres élèves, eux, n'y ont pas vraiment porté attention. Au fond, la seule qui a vraiment capté le message, c'est l'intéressée elle-même.

— Damien.

— Oui ?

— Je crois que j'ai ressenti.

Du même auteur chez d'autres éditeurs

Jeunesse

Le réfugié de l'enfer, Éditions Héritage, 2025.
Tous, tous, mes toutous, Les Éditions de la Bagnole, 2022.
La main, adaptation libre, Les Éditions de la Bagnole, 2016.
Le fantôme de l'opéra, adaptation libre, Les Éditions de la Bagnole, 2015.
L'étrange cas du Dr Jekyll et de M. Hyde, adaptation libre, Les Éditions de la Bagnole, 2015.
Dracula, adaptation libre, Les Éditions de la Bagnole, 2014.
La machine à explorer le temps, adaptation libre, Les Éditions de la Bagnole, 2014.
Frankenstein, adaptation libre, Les Éditions de la Bagnole, 2013.
Vingt mille lieues sous les mers, adaptation libre, Les Éditions de la Bagnole, 2013.
Ma sœur veut un zizi, Les Éditions de la Bagnole, 2012.
Beurk, des légumes !, ERPI, 2009.
Un boucan d'enfer, ERPI, 2006.
Maman va exploser, Éditions Lauzier, 2006 ; nouvelle édition, Les Éditions de la Bagnole, 2010.

SÉRIE LE CABINET DE L'ÉTRANGE

Le cabinet de l'étrange 1 – Les visions de l'ombre, Éditions Héritage, 2024.

SÉRIE SPOUTNIK

Spoutnik, Tome 4 – Jouons au ballon gravité, Éditions FouLire, 2020.
Spoutnik, Tome 3 – Attention, trou noir !, Éditions FouLire, 2020.
Spoutnik, Tome 2 – La course dans les étoiles, Éditions FouLire, 2019.
Spoutnik, Tome 1 – D'une planète à l'autre, Éditions FouLire, 2019.

SÉRIE ARCHIMÈDE TIRELOU INVENTEUR

Archimède Tirelou inventeur – Le fou du roi, Éditions Michel Quintin, 2009.
Archimède Tirelou inventeur – La pendule d'Archimède, Éditions Michel Quintin, 2006.
Archimède Tirelou inventeur – Une idée de grand cru, Éditions Michel Quintin, 2005.

Photo : © Annie Pronovost

FABRICE BOULANGER

AUTEUR

Fabrice Boulanger est auteur et illustrateur de livres pour la jeunesse. Peu avant de quitter sa Belgique natale pour émigrer au Québec, il fait des études supérieures en illustration et bande dessinée. Dès 2000, sa carrière d'illustrateur démarre rapidement. Passionné d'écriture autant que d'illustration, il commence à écrire ses propres histoires en 2005. En 2013, il remporte le Prix jeunesse des libraires dans la catégorie « albums québécois » pour son livre *Ma sœur veut un zizi* (Les Éditions de la Bagnole, 2012). En 2023, *M.I.A. – Ma réalité augmentée* (Éditions Québec Amérique) a reçu le Prix de création littéraire du Salon international du livre de Québec et de la Ville de Québec ainsi que le prix Hubert-Reeves pour la meilleure œuvre de vulgarisation scientifique pour la jeunesse.

Fiches d'exploitation pédagogique

Elles accompagnent une grande partie de nos livres!
Retrouvez-les sur notre site Internet à la section Enseignants:

quebec-amerique.com

M.I.A. – Apprentissage profond a été achevé d'imprimer en juin 2025
sur les presses de l'imprimerie Gauvin, au Québec, Canada,
pour le compte des Éditions Québec Amérique.